王丹英 / 著

伤口上的翅膀

上海文艺出版社

图书在版编目（CIP）数据

伤口上的翅膀/王丹英著.—上海：上海文艺出版社.2014.8
ISBN 978-7-5321-5445-6
Ⅰ.①伤… Ⅱ.①王… Ⅲ.①诗集—中国—当代
Ⅳ.①I227
中国版本图书馆CIP数据核字（2014）第175168号

责任编辑	徐如麒
特约编辑	长　岛
	朱　嬿
装帧设计	长　岛

伤口上的翅膀
王丹英　著
上海世纪出版集团
上海文艺出版社出版、发行
200020　上海绍兴路74号
上海世纪出版股份有限公司发行中心发行
200001　上海福建中路193号　www.ewen.cc
无锡市长江商务印刷有限公司印刷
开本890×1240　1/32　印张8.375　插页2　字数175,000
2014年8月第1版　2014年8月第1次印刷
ISBN 978-7-5321-5445-6/I·4337　定价：28.00元

告读者如发现本书有质量问题请与印刷厂质量科联系
T：0510-85343290

目 录
contents

第一辑　季节与花果

003　春来了
006　春
007　晚　春
009　夏的聚会散了
010　当秋天从高处落下
011　秋天·归
013　秋天啊秋天
015　落叶十四行
017　蒹葭苍苍
019　麦子啊麦子
021　玉米走过秋天
023　这棵千岁的紫藤
028　可爱的草莓
029　桃花和她的姐妹
031　梅

033　油菜花
034　雪白带雨的梨花
036　被水围困的睡莲
038　森　林
040　玫瑰花
042　温暖的棉花
044　那叫胡杨的树
047　无　题
048　彩　陶

第二辑　我遥远的柴达木

053　青海的八月
055　牦　牛
056　美丽的藏族姑娘
059　雪　山
061　我遥远的柴达木
065　柴达木的风
067　日　出
069　当第一趟列车穿过藏地
071　戈壁日落
073　多久以后
076　当夕阳划过深秋的太湖
078　黄昏的斜坡

081　在冬季,列车驶过西北
083　独　白
084　那高高的蓝

第三辑　爱情的风霜

091　送别十四行
092　父亲的信息
094　父　亲
096　我和我的鼠
098　某个时刻
100　后　来
102　那些记忆中的火
105　送母亲上火车的时候
107　致朋友
109　致爷爷
110　致S君
112　不再恐惧
114　手　术
116　当风暴扫过
117　在那遥远的远方
120　那些孩子
122　疼　痛
123　她的最黑最长的一夜

126	有的时候
127	七　夕
129	散　步
131	仿　佛
133	编织物语
135	悔
137	平　衡
139	和身体的对话
141	某个雨天的某个时刻
143	今生的朋友

第四辑　中国的年

149	中国的年
152	中秋夜
154	悲凉的二胡
156	诹访内晶子的梁祝
158	中国的草药
159	那些人，那些事
161	在图书馆的书架之间
163	诗
165	信　仰
166	偶然的念头
168	那个时候

170　十一月阳光里的那只小狗
171　猫
172　生　命
174　献给一位母亲
176　殷殷水畔的青青校园
181　茶
183　青　衣
184　妖娆的旗袍
186　一个冬天的早晨
188　暮色中狂奔的骏马
190　大海之蓝
191　似懂非懂的音乐
192　当《春节序曲》再次响起
194　时装表演
196　当教育成为一种暴力
198　苏　州
200　青青子衿

第五辑　纪念海子

205　生命的伤口
207　雨
209　体　验
210　文森特·梵高

213　蒙娜丽莎

215　有一块太湖石叫"瑞云峰"

218　雷锋之所以成为雷锋

221　铭记这个时刻

223　走向黄昏

225　银亮的舞鞋

227　山塘街

第六辑　岁末的祷词

231　岁末的祷词

256　后记：从生活的沧海回到水

第一辑 季节与花果

春来了

缎子一样绵软的风吹来了
那柔韧的力量
在清理着世界的残梦
阳光从缝隙探入冬的老屋
时间的纹理陡然清晰

这化腐朽为神奇的风啊
是春的绕指柔
丰腴的手掌抚摸大地的伤口
繁殖的能量从指间流出
到处是生命新生的欢愉

当三月的阳光追逐学步的孩子
跌跌撞撞地奔跑在小草的迷梦
跑着跑着小草换上了绿鞋子
赶着赶着跌进了春天里
三月的江南已是青色旖旎

鸟儿们兴奋地啁啾却不见踪影
躲在透明里咳珠吐玉
玩着把它们捡来藏好的游戏
水灵灵的叫声
把时光擦得格外清亮

宽阔的水面上
谁凌波而来
大把地松开着水的绿绸
兰花指轻轻一拨
千古凝愁如穿云裂帛之声

惟岸柳低垂着痴情
挽着清明如镜的水照个不停
任春摇曳不胜风力的腰肢
永在送别的相望里
青青复青青

蓓蕾高高低低地挂出来了
像一个个精致的小包裹
摆在春天的集市
等待打开的一刻
等待高潮的到来

好像台后浓妆重彩的角儿
极力扶住初次登台的心跳
期盼锣鼓敲响幕布拉开
之后是花苞绽裂的尖叫
是迅疾的花开

走了很长的夜路
来到这一刻
正是春季
这是个命运的结点
我猝不提防

被密集的春光袭击
笨拙的笔跑得太慢
孤单的话无法说完
亲爱的人们
来吧

面向大地面向故乡
看万象无尽的风流
让心赤裸着进入春天
来和大地一起做梦
这一刻就是永恒

2009.4

春

深渊之上
谁的一声啼叫
撕开了大地的胞衣
时间再一次破晓

花儿推开深闺的门扉
探出鲜嫩的胴体
以无限的欣喜
向世界发出娇羞的问候

这无可阻挡的新生
是生命的千回百转
是万物的圆融和谐
在时间之上

2003.10

晚 春

一阵不知来处的风
轻得像一句悄悄话
唤走了花儿的魂
一地揪心的碎红
深深的眷恋
薄薄的呼吸

颜色凉了
裙裾皱了
这一春的鸽子散了
身体里闪过一股冰凉
回眸之间一惚一恍
时光正不紧不慢地走远

谢幕之时难免伤感
这是天荒地老的一刻
而又有什么正悄悄地来

生命的寒意总能被自身所温暖
世界的心
独立苍茫之外

2009.4

夏的聚会散了

花影还在恍惚间摇曳
夏的聚会已经散了
水面上飘着繁华的余响

消瘦的河流露出了岁月的白发
疲倦的道路朝向家乡
静默的山一远再远

清俊的树木独立
赤身裸体
进入祈祷

苍茫里泛涌着无限的温柔
大地升起了秋天的灯
神在通过我的手写诗

2011.6

当秋天从高处落下

当秋天从高处落下
我们就走进了朗阔的天空

每一条路都这样深远
每一颗树都这样孤单

谁在轻轻地呼唤
不知来处

谁从那里走过
从不现身

生命中的某些时刻
所有的语言和修辞都不能抵达

无法说出的忧伤
独对秋的空阔

2008.10

秋天·归

在遥远的北方
那大地的深处
群山静默
端坐如父亲
把岁月揽入怀中
抽着老烟袋
层层的念想袅袅升起
慈祥如大提琴深沉的低音

河流缠绵
偎依着静静的村庄
流浪这个词
回到了故乡
我顾盼的目光
落在童年的院落
那些散步的鸡
白发外婆

时光在远方告别
原野轻唱着感恩的歌
从泥土深处走出的
都在回归
大地慈悲
在无限温柔的意念中起伏
辽阔的秋一泻千里

是什么在空阔中飞
飞过千山
飞越万水
庇护着世界的伤
把无限的温柔
堆满我的凝望
我的心落进大地
溶化在宽阔的爱

2011.10

秋天啊秋天

时间无形的鸟飞走了
落叶是它的羽毛
静静的树林里有无数双明亮的眼睛
凝注这最后的时刻
树叶轻轻地拍打阳光
以哑语的姿势
说出生命的秘密
说出今生的遗言

色块的方队爬上山冈
神在季节里大宴宾客
是谁像一个使者
手持火把站在距离之外
准备点燃我的黑夜
一群鸽子从深处惊飞
情感的沼泽里细雨迷蒙
我感恩的丝绸是白色的火

秋天呀秋天

我一年一度的焦灼

我一年一度的疾病

我一年一度的诗歌

　　　　　　　　　　　　　1992.8

落叶十四行

漫天的碎片落下
传来天上失火的消息
那些叶子多像断掉的手掌

任世界的脚无情地踩踏
有时像是受了惊吓
忽然一转一跳

那么慌张地躲避
抑或它们是亡魂
拥挤在通往来世的入口

秋天的落叶多么美啊
像静默的河流
在秋风里流淌

我的心在满是落叶的路上

一步一滑

1985.10

蒹葭苍苍

深秋的芦苇
身躯多么僵硬而消瘦
就这样守在黄昏的门口
凝固成姿势

它们又是什么时候的一群人
赶了很远的路已精疲力竭
就此停泊不再走了
集体面向彼岸

无欲地遥望
倾听回忆的温柔
这最后的姿势
被黄昏的轻风搀扶

我不速而来
站在它们中间

异样地自问
谁是谁的过客

2010.11

麦子啊麦子

麦子啊麦子
我呼唤着你的名字
仿佛已经把光芒种植

麦子的承担是芒种
芒种是让光芒植根于泥土
任性的太阳被麦子一一拾起

北方广袤的野风
摇曳着无垠的沉甸甸的麦穗
黄金的波浪翻涌

麦子啊麦子
你是土地的唱诗班
朝向那些怀抱火焰的农人

他们是父亲们

是与土地和麦子肤色相同的人
是把麦粒瀑布般泻满中国的仓廪的人

2000.8

玉米走过秋天

头顶窜出一撮红缨
像是老人的胡须
也许因为如此
北方人称它是老玉米
我总是想它们是如何艰辛地
穿越了黑暗的泥土
炼成了一个倔强的老人
现在它们正列队走来
来到秋天的中央

玉米生得多好看
金黄的颗粒饱满齐整
排列精密得无懈可击
像一族人紧紧围抱
相拥着一个脊梁
秸秆被它们的喜悦压弯了
像一片火在天地之间

引导辽阔的风

你们在秋风中浮现
弯弯地站在田垄上
操着浓重的乡音对我耳语
来时的路顿然清晰
你清甜的素香
漫过我的身体
来到遥望的眸子

2011.9

这棵千岁的紫藤

题记：苏州第一中学的校园内有个紫藤园，园内静卧着一株千岁紫藤，随着季节的更迭变幻着气质。在一个初雪的早晨，我与这株紫藤不期而遇。它盘龙卧虎，气势恢弘。那奔放的生长，昭示着生命游刃有余的魅力。我感动于造化的神奇，愿这首诗能印证它的不朽。

那一刻
何其壮烈
万钧的电闪轰然坠落
凝固成了永恒

我跳下岁月的悬崖
在一千种形象中指认你
滤去时光的嘈杂
聆听彼岸的风雨

而你默然无语
以不变的姿势端坐深处
遗世而独立
怀抱日月之辉

　　冬——

深红的虬枝奔突如怒
血管里暗流汹涌
那激动着的是怎样的渴念
被围困着的是怎样的雄心
你是一个突围的姿势
是谁策马而来
劈开时光的森林
四蹄滚滚

雪静谧而密集
仿佛高处紧急的召唤
是谁划破风雪凌空而起
以壮士赴死的绝决
挥动生命的狂草
气势如虹

秋——

一条结实的老船
水痕斑驳涛声依稀
曾经与风暴扭打
于波涛之上
海枯石烂之后
吞没了所有的风雨
搁浅在时间的野渡
惟有雄健凛然不改

在隔世的沉默里
怀念着船长
一千年了
你的渴念依然灼烈
如一束静静的火
这是怎样的疯狂

夏——

夏季来临
亚热带的暖湿气流
唤醒了你寂寞的深睡
绿波再一次激荡在这远古的血脉

柔枝如长长的飘发
那是时间的流苏呵
谁的絮语不绝如缕

翠叶如盖
撑得一片清凉
使你的风景退入幽深
禅意盎然
如一位老者盘腿而坐
背对繁华
大隐于市

春——

当春风吹过江南
吹过江南粉墙黛瓦的院落
这累累的花朵一泻如瀑
升起了千万的灯盏
摇响了千万的花铃
你的布施穿越时空
落满了春天的门扉

谁紫衣飘飘
舞蹈千种心曲万段柔肠

说着一场扼腕的爱

留恋婉转处
已是花飞如雪
一种悲喜猝然降临
即使伤感却也明媚温柔

2001.12

可爱的草莓

潮湿的竹筐里
挤了一群草莓姐妹
她们披着鲜亮的红斗篷
娇嫩欲滴美得无辜
仿佛一群来自童话的孩子
望着来来往往的人群
像是在识别认领它们的人

我可是你们选中的人呢
它们挤在果盘里一团欢喜的样子
房间里流光溢彩
仿佛有影影绰绰的笑语
她们一经转世
定是那些豆蔻年华的女孩子
颗颗无邪的心

2010.10

桃花和她的姐妹

周末的公园里
桃花的蓓蕾已经绽裂了
蕊心里像是有个吹喇叭的
鼓着绯红的腮
叶片的花扇子眼见着就要打开了

几个打工的女孩在拍照
这些花迎朝日的年华
素爽明媚
比城市的女孩子
更有种淳朴蓬勃的生命力
她们来自桃花掩映的村庄
是桃花的血亲姐妹

她们推推搡搡嘻嘻哈哈
那蓓蕾是听懂了她们的
一层层一团团

如云如雪
一浪一浪地涌向枝头
春光的银瓶迸裂了

                                                2010.4

梅

来自冰雪
掬一捧沁心蚀骨的幽香
在不远不近不早不晚的时候
倚在枝头等待着春的花市

当四处的蓓蕾们打着灯笼
疾步走过冬的暗夜
拥到春天的门口
你又避开了这炫美的竞技场

岁寒之时凌空而现
一如坠落的星辰
冰清玉洁的花瓣
是繁华之外深深的宁静

片片晶莹的光
照亮一段咫尺天涯的距离

清冽孤绝的气质
尽显生命的锋芒

2002.1

油菜花

这些鲜花国里的灰姑娘
急切地赶着南瓜马车来了
黄灿灿的花冠
碧绿的草裙
灼热的心
春来了
春来了

手牵着手肩并着肩
支撑彼此温暖彼此
欢快地旋转着起伏着
跳着她们的圆舞曲
从阡陌上铺天盖地滚滚而去
以无限的勇气和希望
从卑微的生活里突围
春来了
春来了

2003.4

雪白带雨的梨花

春寒暗藏杀机
催促着一团白色的梦
那浓烈的白
绝望而痴迷的白
美的伤人
纠缠着路人的心

仿佛一位女子
在初春的寒雨里
端坐在露天酒吧
痴痴地等待
要来的他还没有来
或永不再来

雪白带雨的梨花
我会想到为爱所伤还在执著的女子
爱情因她们的忘我而高贵纯粹

那些时光深处的惊鸿照影
那些奢侈的人

             2001.3

被水围困的睡莲

一处偏僻沉寂的水潭里
几株白色和粉色的睡莲
灿若星辰
它没在水里的细细的脖颈
拼命似地向上伸展
像是被一只深不可测的手紧紧牵住
好大一片水卡着它的脖子
使它紧贴着水面不能离开

而睡莲好像是看穿了的
水也怕自己一潭死寂呀
它是它抓住的一缕光
睡莲反而安之若素了
要把这牢底来坐穿

碧绿的小圆盘
擎着晶莹的花

那一颗剔透玲珑的心
努力地长啊
努力增强着自己的光
把这片水的黑夜照亮
让仿佛冻结一般的死寂
变成了鲜活的风景

睡莲化解了围困
成全了彼此
它白翅凌空
穿越封锁穿越界限
释放着深度光芒

2012.6

森　林

仅仅是偶然
有光柱从高处旋转而下
以激光的强度
刺穿了森林的密叶翠盖

远近不知处
鸟儿清亮的欢叫跌进来
这永恒的寂静泛起涟漪
使绿海烟波更显得缥缈

走在森林中
像突兀的入侵者
陷入了一个无边的梦
被不可触知的神秘包围

众树们昂首挺立
繁茂的家族苍翠蔽空

时光在这里缓慢得几近停滞
无知的人类神伤地揣测

根基的吸盘深深钳住大地
黑赭色的盔甲之下
旋转着岁月的风暴
记录宇宙的信息

千年的古木
以彼此独立的坚守
形成无边的仰望
升起生命的华光

2007.7

玫瑰花

什么在其中掌控
一圈一圈地转动
使松紧与速度恰如其分
造就了美丽的漩涡
收紧了这特有的红

这叫玫瑰的花静悄悄地
张着坚硬的刺
以拒绝的姿态孤立着自己
含蓄而放纵
美得惊世骇俗

这带刺的花总是冷着脸的
仿佛下着雨
情人节的大街上
我看见一束束湿漉漉的火焰

紧抱着自己的凋零

2012.3

温暖的棉花

每当我抱回晒好的棉被
太阳与棉的香蝴蝶四处翻飞
屋里盈满温柔而深厚的情意
感觉自己婴儿般被爱所包裹
透明的感动让我融化

这白色柔软的绒花儿
是高纯度的天然纤维素
最初是作为花被观赏的植物
何时起又是怎样的机缘与人生死相依
从木兰当户织的中国乡村
到珍妮纺纱机的英伦工厂
棉的情义渗透了人的文明史

棉的味道就是岁月的素香
那盏老油灯疲惫地亮着
夜总是那么长

足够让一头青丝成霜
外婆还在紧织密缝
一片片补丁一个个裂隙的日子
今夜她老人家为我赶制新衣
那件花布衫是我新年的阳光
我眼巴巴看着不肯入睡

从蹒跚学步
探出稚嫩的小布鞋
在大地上第一次刻下今生的印记
到弯弯曲曲的上学路
欢天喜地的红绒布鞋
踩出了崭新的足迹
都是最初我对棉布的记忆

在化学产品统治人类生活的今天
棉布仍旧是我温柔的贴心知己
生命中的多少时刻
人与棉赤裸相拥
日夜殷勤地簇拥在我们的病痛面前
棉甚至听懂了我们的心事
看清了人的真相
渗入了人的生命里

2012.2

那叫胡杨的树

你们是从哪里来
又走了多远
在这黄沙无涯的波涛里

等待终于弯曲
盼望终于倒地
血肉终于风干

怎样的挣扎让这样粗壮的树
树冠匍匐在地
就像叩首祈求

断臂残肢
硬生生指着天空
望上去仿佛有呼喊的碎片落下来

有的树不见首尾

只露出一段龙蛇状的腰身
好让人看见它愤怒的电流

洪荒茫茫的寂静之中
总有一阵阵嘶哑的呼喊
来自深埋的黄沙

这呼喊凿破纵横交错的年代
冲出盘根错节的地下
仿佛是在相互指责相互遗弃

是什么样的灵魂如此强悍
让这叫胡杨的树发了疯
或赤身裸体或披头散发

疯成了古灵精怪
一群面目狰狞的干尸
僵而不死

而又有大片的黄灿灿的胡杨
依偎着一汪神奇的河流
打理着它们亮闪闪的金发

这莫名的清流弯弯曲曲

是整个家族的血泪汇成的吗
只为养育它们美丽的女儿

它们昂着头承接太阳王子的恩爱
耽于迷梦而长醉不醒
全然不知族人们惨烈的牺牲

这叫胡杨的树啊
就这样从沙漠深处汲取仅有的水
把自己站成火把

一片火海呵顺着漠风
被困在干涸的瀚海上
演绎着生命悲壮的故事

2013.6

无 题

这个夏季的酷暑迟迟不退
像一个持续高烧的病人
蝉狂热地练习着尖锐的高音

我看见午后的时光
穿过阳台的窗棂扑进来
浸在洁白的床单上

像轻轻的叹息
静悄悄的雪

2013.8

彩 陶

怎样的机缘
它划过五千年的光阴
登陆于我的书架之上
静穆端庄温暖
如一位质朴的老母亲

据说要在三伏天里暴晒三日
方可除去阴气
我以子孙的虔诚之心
郑重地双手围抱
置它于阳台三伏的烈日之下

从顶端碗口大的罐口望进去
竟是深不见底墨黑一团
贴着它浑圆的腰身屏息倾听
它如它漆黑的沉默
五千年啊是多长

那漫长的光阴的河流里
流淌着祖先筚路蓝缕的身影
多少灵光乍现的智慧
这均匀圆熟的弧线
这最初的美

就像女娲氏捏制人身的泥胎
经过烈火的炙烤
而后涅槃为陶
那一双倾注了神性的手
可是我荣耀的父亲

当黎明的薄暮渐渐散去
那从河边汲水而来的美女子
如水的长发上流泻着清风
她可是我那一世的母亲
这精美的陶罐成为家的图腾

从此倾泻着清冽的酒浆
存放着最初烹制的食物
血脉繁衍不断
子子孙孙从它丰腴的腰身里鱼贯而出
这些手牵手载歌载舞的人里可有前世的我

当太阳的纯阳之火一寸一寸扫过
即刻转身为一寸一寸的阴
一寸光一寸阴再次汇入了它的河流
顿然觉察五千年只在一瞬里
一层光阴一层灰烬一层文明

再过千年
那再次置它于烈日之下的人
是谁

2013.6

第二辑 我遥远的柴达木

青海的八月

在青海
八月是盛大隆重的
天空碧蓝透亮
云被翻晒得虚泡泡的
白如裂帛

碧绿的青稞
嫩黄的油菜花
在大地上绵延起伏
像彩色的波浪
飘过目光可及的山岗

巨型的色块整齐有序
它是八月的仪仗队
向着雪山顶礼膜拜
皑皑的雪山俯首相望
一派惊喜

高原上草色鲜翠

千里空阔清明

彩色的牧民

低低的牛羊

慢慢的时光

在八月

神是住在青海的

2000.8于西宁

牦　牛

荒芜的草场上
一只牦牛伫立
像一位孤独的王

它按住可搅动风云的犄角
四蹄抓着家园的领地
眼睛收拢了无边的沉寂

隆冬的青海
广袤的冻土
浓缩于这褐色的神灵

2003.8

美丽的藏族姑娘

盛夏的青海
鲜翠的草原一片汪洋
美丽的藏族姑娘
你躬身的样子
像一道弯在绿波上的彩虹
乌黑细密的麻花辫一泻而下
匀称服帖地直落腰间
那齐整雪白的牙齿总是笑的
一双大眼睛喷薄着乌亮亮的清光
那是天堂里的人的无邪的光啊

你总是弯着腰的
因为你的羊儿在低处
你是它温柔的姐姐
你们的寂寞彼此相照
繁星般的鲜花和青青小草
从低处围拢过来

期待着仰望着你
它们已经认出
你是它们来世的美丽模样
你们早已溶入了彼此的生命里

全家的生活在低处
你必须弯着腰劳作
这向前深躬的样子
像是时刻掏着心的
那么的至诚至善至美
已经凝成藏族舞蹈的经典动作
那是你们民族的姿势
而这个姿势让我感动也让我莫名地伤心
每当看见的时候
你就静静地弯在我的心上

我几十次走过你的堤岸
你美丽的风景从车窗飘过
你湖水一样清澈的眸子
沐浴着我世俗的心
我想象着你的名字
此刻再一次想起的时候
你已是我的天涯
我只能在这张纸上对你说出

你永远都无法看到或听到的话
作为报答

2006.4

雪 山

想起青海的时候
是仰望的时候
众山交错相握
年代纵横逶迤

雪峰直指空阔
高擎着这蓝色星体的意志
我听到深处时间的咆哮
熔岩冲上巅峰

你神秘地矗立于最高处
对抗日月雄视星球
冰川高悬的极地之上
滥觞江河灌溉亚洲

你是众神聚集的圣殿
人类只可遥想而不可亲近

又像浑厚深长的余音从遥远传来
那雄心壮志一时亮烈一时阴郁

想起青海的时候
是仰望的时候
……

            2003.2

我遥远的柴达木

是神的一道命令么
地壳上升
海底拔地而起
成就了终年积雪的庞大山系
造就了二十四万多平方公里
海拔近三千米的陆地
奇特的风蚀地貌
干涸的盐泽
你叫柴达木盆地
呵
海枯石烂之后

太阳在远处平行地飘过
白光扫过赤裸的盐泽
探照着陡峭的风蚀林
绵延的沙浪逶迤而去
那是时光的潮汐

无边的时间之沙上
只有风蚀残丘
任犀利的漠风劈斩
削剃成了孤守岁月的无名雕塑
站成了永世的凝望
我知道了什么是天荒地老

张开所有的触角伸向空阔
指认那古地中海的一角
一亿年前那一片蓝色的汪洋
你的名字叫西海
多么美的名字
亚热带季风的暖湿气流里
植被茂密
先民们穿着草裙带着花环
与种类不祥的动物周旋着

六百多亿吨的盐啊
是多少生命的泪水
所有那存在或不存在的一切
已封锁在大地深处
沉睡成煤
流淌成黑绿色的液体
它忽闪着幽绿的光

仿佛咒语

在炽烈的燃烧中释放巨大的能量

催动人类的野心

让世界加速

于是我们飞

飞向尽头

宇宙那永恒的力量会结算我们

文明的灰烬

落满了我的遥望

我诞生于此生长于此

而在这时间的隘口

我仿佛并不存在

你是我如影随形的生命背景呵

三十年来魂牵梦绕

纵使远隔天涯

在随时随地的某个瞬间里

你荒寂如梦的容颜都会在远处升起

我被你召唤被你指引

我驶向你而永不能抵达

当三十年后我再次穿越

你依旧沉溺在远古

不肯醒来

心匍匐在你的沉默

只有粗粝的荒草
对我耳语

2009.7

柴达木的风

柴达木的北缘地带
停滞着无数的沙丘
任由长空飒然而至的漠风迎头劈来
削成这舰艇的摸样
大群的舰队以挺进的姿势
朝着一个方向
搁浅在岁月的绝地
变成了凝固的风
这是遗落在高原的千年长史么

柴达木的风季是风的暴动
尖锐的呼啸一阵紧似一阵
驾沙石而来遮空蔽日
那荒漠上的风啊
莫不是初民们粗犷的歌
赤足翻飞的舞
在一次狂歌劲舞之后的疲劳中昏睡

醒来已不是从前
在时间的荒原上四处寻找
绝望了崩溃了
那凄厉的嘶鸣
仿佛是说着一场文明的终结

           2010.10

日　出

遥远的地平线上
永恒的王横空出世
飞旋的陀螺
分割日月

大地的彩锦之上
神之子御光而来
披鲜红的披风
灿烂的容颜无比壮阔

一万顷森林挥动手臂
一万座高山昂首顶礼
一万条河流奔走龙蛇
一万只皮鼓擂打激情

人类走出原始的愚蛮
砸断奴隶的枷锁

冲出封建的牢笼
向着你！永恒的灯

一场场特洛伊战争接踵而来
一座座司芬克斯轰然倒地
光明的神呵！
一次次复活着人类的信心

黄金的瀑布荡涤黑暗
从希腊的史诗与神话
到古中国坎坎伐檀的国风
先民们早已谙熟了你的节奏

他们相爱他们繁殖
他们创造辉煌的文明
你是所有光荣与所有梦想的名字
我们要抵达这个名字

1996.11于西宁

当第一趟列车穿过藏地

那钢铁的铿锵
怎样摇撼着一块远古的冻土

那风驰电掣的速度
怎样撕开了一个远古之梦

那一声石破天惊的汽笛
怎样地恫吓着藏羚羊、白唇鹿的心

清澈的夏季里
牛羊静静地咀嚼着阳光

沉寂的荒泽之上
太阳低低地飞

漠风的嘶鸣之中
骆驼草慢慢地爬

最后的净土啊
文明带着巨大的阴影来了

2008.7

戈壁日落

戈壁的尽头
橘黄的落日再次擦肩而过
低低的金光扫过荒寂
僵硬的骆驼草柔软起来
像被落日吹亮的灯芯
一片橘色的光

风停住了奔跑
天地间一览无余
只有成群的荒沙野丘
独立苍茫
朝向静默的黄昏
那移动的光

而无边的寂静封锁着什么
一种无形的存在
等待爆发的一刻

一种无声的耳语
传递着一个消息
黑夜就要到了
落日即将坠落深渊
如同一个巨大的梦幻
是鸿蒙之初还是终结之日
这是个充满预感的时候
那神秘而强大的力量主宰一切

穿越戈壁的黄昏
我看见茫茫的荒凉
我看到岁月倒地
我迷失在思维的悬崖
我从哪里来
我到哪里去

2000.9

多久以后

一

在很久以前的一个玄机中
鱼从海洋走向陆地
又过了不知多久谁给了人一个契机
一切在情理之中又在预料之外

在戈壁沙漠这荒寂的远古之梦
时间的船已搁浅了一万年
哪一颗沙石在那个瞬间突然转世
我的今生从此开始

那时秋天正翻越沙漠
太阳已经退潮
天庭已升起了灯火
神在商量着我

二

漠风行走的戈壁呵
风蚀残丘是象形文字吗
你的沙波逶迤而去
像是一个王朝孤单的背影

不刮风的时候
大大小小的石头都安静了
我看见这种安静都是沉默的诉说
是想对人说的话

深入戈壁滩的腹地
回眸的一刻是如此虚幻与恐惧
人们居住的房屋
像久已流浪而搁浅的船队

三

人类一直在打磨知识的舵盘
盲目地想用科技的力量
拯救自己与生俱来的无知
满足永无止境的欲望

这个热情正引导我们走上毁灭
离开沙漠多年以后的有些时刻
漠风的嘶鸣总能穿透一万种声音
侵入遥远的城市找到我

当有一日那操盘的手突然松开
家园变成沙漠上的荒冢
我的灵魂能否再次躲进
一粒沙石

1998.4于西宁

当夕阳划过深秋的太湖

浩淼太湖一万顷
此刻清波如镜
返照着岁月的背影
渔舟横斜
安静如序
仿佛等待着什么

水那一方
殷红的落日款款
像个告别的仪式
缓缓移远的红船上
远嫁的女子
正回望着彼岸的故乡

湖面上洒满了时间的碎金
一种无法言说的温柔
捕获了太湖的心

黄昏在渡口吹古老的萧
那飘渺而辽阔的苍凉
把深秋吹彻

2011.12

黄昏的斜坡

在十月
在郊外的山坡上
多少碎片像松软的皮毛
覆盖着一个深深的梦幻
我坐在这儿
像是坐在一个怀抱里

黄昏来到坡顶了
红玛瑙般的时光流淌
从陡峭的斜坡跌落
飞瀑一般注满了山谷
原来时间就这样挥霍着
从宇宙大爆炸的一刻起

光走过雨走过风走过
大地陈列着时间的遗言
古老的山体浑圆温厚如陶

群山起伏着遥远的怀想
就像一支沉默的象群
无怨地走向死亡的深渊

风是这样轻柔
隔岸的往事苍茫
劫后的微凉里
晾着来自空廊的素歌
我握着半生年华
血脉里跳动着由衷的感动
时光就这样重来抑或走过了

无边的虚静之中
有个古老的声音在祷告
覆盖了大地的墓床
一种温暖的力量庇护着所有的心
我仿佛应约而来
在这黄昏的斜坡

在把生命一次又一次地轻抛之后
我的笼子散了
我的鸟飞了
空空荡荡的时候灯亮了
我坐进自己

不再提问也不再回答

2012.6

在冬季,列车驶过西北

天高地远
一任黄土空阔
零星低矮的村庄
拴着岁月
偶然的几缕炊烟
孤单地飘散

冰冻的河流奔跑
像闪电
划开大地的旧衣裳
这是我一直牵挂的故乡
我远走他乡
它如影随形

寒林爽肃
树木如执杖的老人
孤独地守望着来往的动静

包括这趟疾行的列车
刹那间一种感动和留恋
堵在胸口
又被列车撞击铁轨的轰响
碾得粉碎

1990.1

独 白

心还在说着透明的话
笔的蚕还在吐丝
想把这微弱的声音放大让世界听

就像当户织的木兰
我转动我的纺车
想织出最好的帛

时间已经暗了
我还走在钢丝上
手捧着心

2010.10

那高高的蓝

当色彩的潮涌再一次返回那儿的夏季
人们逃离了酷暑朝向青藏高原的怀抱
念想的一刻
那片宽阔的蓝色水域
宝石一般深沉的清凉如醍醐灌顶
心立刻升高飞远了

碧绿的青稞铺好了寂静的旷野
黄灿灿的油菜花忘情地奔向天边
群山拖着舒缓的长调
新鲜的天空倾泻着清澈的蓝光
细碎的云絮像阵阵的鸽群
它们的白翅划着风

大片鲜亮的色块
气势磅礴而热烈

像一个王朝的盛典
而这一切
仿佛都是为了配合那片高高的蓝
一片晾在时空深处的宽宽的寂寞

从东到西翻越日月山
地床陡然辽阔
一大片蓝色的水域匍匐在山脚下
那般凝重
凸自仰望着苍天
仿佛一个忧郁的神祇

几十次穿越它四季的容颜
那时我骑着青春的白马
翻越这历史与地理的分界线
犹如飞渡时空
天高地远的苍茫啊
从时光到时光

惟有单调更替的无尽的时光
无辜的牛羊
还有如我一般偶然的路人
一千多年前那个孤绝的背影
她是否来到这里才真正知道

这是此生没有归路的远行

繁华的大唐已遥远成虚幻的梦
究竟是什么样的因缘
让这位高贵的公主如此凛然如此强悍
即使是被神示:
她此生必是道路
当站在命运于一瞬里升起的悬崖

该是怎样地怅然无措
孤单的心是怎样地凄然惶恐
也一定与这片深沉的水猝然相遇
并交付了最后的痴心
她一路向西
不再回首

两百多年前那写出绝世情歌的雪域的王
是否也最后走进了这片永恒的清凉
二十多年前一位年轻的诗人
怀揣着如临生死的心灵
来到这片圣洁的蓝色面前
写下凄绝的诗篇回到自己

秋冬来临

草场荒芜得多么深厚明净
大朵的云团蓄满冬雪的仓廪
青海湖的岸线如此悠长而深情
这片高高的蓝色以旷世的沉默
反照着历史永恒的寂寞与悲壮

当风吹过
我空荡无存
只剩倾听的耳
有一个疼痛的灵魂在吟唱
仿佛对天地无尽的诉说
我只是那转述的人

2013.7

第三辑 爱情的风霜

送别十四行

终于到了送行的时候
虽然能截住泪水
而松开的一刻我十指凄迷
呼啸的列车卷走了整个夏季
百感交集的一瞬里
时光顿然老去

回头的时候
竟然是如释重负
被爱勒痛的身体再也不似从前
车过最初的相遇之处
鲜花正盛开如梦
像一片火

一颗心立在废墟的中央
被这火焰拥抱

2000.10于西宁

父亲的信息

您语句疙疙瘩瘩的信息
堆满了痴痴的祝福
我一字一句地读
心颤抖如您的手指
透过积满岁月的窗口
看见您苍老的容颜
在一个隔世的冬季里
独自咀嚼您的人生

那个小女孩猝然降临
她穿越了厚厚的冰雪
终于来到这一刻
来到您八十岁的时候
一遍又一遍地看着短信
把自己放在您孤独的怀里
声声地唤着
父亲父亲

今生的父亲

2013.1

父 亲

是谁在他的身体里
需要挥动暴力
除了忙碌他总是不安地移动
旋起有浓烈消毒剂味道的气流
一种肃杀压缩了空气
他会突然爆发
厉声怒吼
暴怒扭曲了那张英俊的脸

谁的手冲出了他的身体
那竹尺从高处落在我的眼睛
顿然看不见了
父亲你知道我多么疼啊
你在我的身体里灌满了恐惧
受惊的心没有了归宿
童年撞碎了

是因为我前世的罪孽么

父亲你这样暴力
是因为你需要么
你被你父亲舍命的爱压伤了
你被癫狂的同类压伤了
史无前例的革命把中国压伤了
还承受着什么
父亲父亲
你告诉我

父亲父亲
在您年老体衰的时候
在您千呼万唤的时候
我要远离
以逃避对你们的伤害
您却全然不知
而我守着今世失血的生活
疼痛不已

2012.4

我和我的鼠

杯子里装满了沉默
对面的椅子空着
可那空的地方是有人的
就坐在那里
在未来或者过去
抑或从未离开过
这无形的存在
进入这杯透明的水
那浸泡在寂静里的声音
穿过耳朵的漩涡
谨慎地探着路
直到深处

这声音变成清澈的光束
探进洞穴
把我赶了出来
我像只东躲西藏的鼠

一再地躲避真相的探照
原来没有谁是无辜的

我牵着我的鼠
不再逃避
迎着那刺痛的光
任前世今生伤痛着
让污血喷张
让苦泪流淌
渐渐地来到神的面前
怨怒的魔变得温顺
我看见了心灵的光芒

2012.3

某个时刻

世界啊
你繁华的客厅里永远高朋满座
而我已疲惫得不胜应酬
当你四季的车轮从我穿过
我所有的棱角已经削平
而你向世人吹来的七彩气泡
盛名财富甚至情爱
都被我轻轻弹破化为虚无

世界啊
无法抛掷的是颗原初的心
我的盈满了爱与痛的心
在这独立而眷恋的时候
我愿如一枚温暖的鹅卵石
流落在你无际的岸缘
夜夜打探你的涛声
日日守候你新生的光明

世界啊

2013.2

后　来

后来
我来到了一个拐点
一扇门开了
我在里面找到了自己
花费了半生时光
就这样我找到了住处

我分裂成了两半
一半是诉说
一半是倾听
一半是受难
一半是救赎

我洗掉了前半生的悲情
在生的荒芜中
把怨恨温柔成诗
一切早已注定

一切都在诗之前
我唯有感恩

2012.4

那些记忆中的火

风箱呼哧呼哧喘着粗气
火舌舔着锅底一下紧似一下
一种柔软而激越的力
仿佛要举起那片铁
在无数次这样的痴望中
童年的我悄悄增长了心力

一盏昏暗的煤油灯永远亮着
忽闪着为赶活的针脚指路
那遥远的夜里
那盏疲倦的灯火
是我对外婆的主要记忆
后来的若干时刻
那盏煤油灯一再亮起
我一再向它打探外婆的消息
外婆就住在那微弱的灯火里

正月十五的麦场上

聚集着童话般的草垛

灯笼在它周围高高低低地攒动

童年在这个夜晚里生花

我拉着木轮的船灯

咕噜噜咕噜噜

船头带着斗笠的艄公一起一落地摇橹

他把我摆弄得一片欢喜

隔岸的灯笼的河流上

外公还在得意于自己的手艺么

在夜的荒地上

欢实的篝火多么美

篝火总使我心静穆而虔诚

火是有魔法的精灵

牵着人们穿过前世今生

让灵魂们彼此相见

火光里有什么在暗示什么

飘忽妖冶的火呵

壁炉虽不是我的生活记忆

在这个词里想象壁炉的火

也能看见年轻清俊的叶芝

和他那苍老的爱情

民间的火和关于火的传说
对我始终有超乎寻常的魅惑
就在火柴"刺啦"的一瞬里
那清亮的火苗
也能让我激动而轻盈

现在电力能把黑夜刷成白昼
文明的光强大到近乎野蛮
掩盖了宇宙和生命生存的真相
使心灵那些不能破译的部分无处安放
静静的烛火如此意味深长
小小的光亮能抵达灵魂深处
照彻那些看不见说不出的神秘语境
在生命无边的夜里
那摇曳的烛火呵

2012.10

送母亲上火车的时候

您就这么非要走

孤单的曲线

挤在宽阔的阳光里

低眉专注着蛛网一般寂寞的心事

身上落满了愁苦的霜

月台上人声稀疏

再也没有看见另一个如您的老人

无边的苍茫中

被时光渐渐模糊

我的心一阵一阵地虚空

列车启动的刹那

是什么被劫走了如此突然

那抽身离去的

是前世修定的骨肉缘分吗

我听见深处的惊呼

其实我对您诸多的不满和抱怨
只是想让您看看你生病的女儿
想要在母亲面前泛滥一次放一次血
把那个小女孩放在妈妈的怀抱里
身体里的那些嘴巴就闭上了就满足了

终于您守在自己的伤口一动不动
原来您和我一样痴迷
这个姿势毁掉了您的健康
原来您是以这样的方式告诉我
什么是虐待自己

爱，从来都是源于自身的
此刻我已经接住了
急速坠落的心
忽然间有一个怀抱无比辽阔

而妈妈，我亲爱的妈妈
你还能给我多少时光
让我攀上您的悬崖
摘掉枝头的苦果
穿上生命的绿衣

2013.1.15

致朋友

你的眸子转动着惜别的痛
打湿了我的行程
列车正点发出
视线如绷断的松紧
轰然而至的加速度
我们被弹向彼此的远方

走
是不能选择的选择
我会紧握你的平安
和你的祝福
让季风鼓满我吧
我要做一次远程飞行

就任思念结成茧
把它串成珠链
在一个约定抑或始料不及的日子

定能相见
那时我们带着故事
和思念的珠链

1992.6于西宁

致爷爷

当我在心里开始看见你的时候
已是你离去四十六年之后
而我也已年近半百
此刻你再次端坐于黑暗中凝视着我
深色的棉袍加强了你忧郁白皙的面容

在你准备结束生命前的两小时里
坐在那棵老树下哭泣
怀里抱着我
那最后的时刻
你对两岁的我说了些什么
现在我把烛光插进你端坐的暗里
屏住呼吸
爷爷您说
……

2010.7

致S君

我知道
在你生命的密室
有一炷心香
卑微的我
却没能把它点燃
我多想
让那缕缕神的叮咛
柔软你坚硬的心

我知道
在你的话语世界里
有一个丰饶的花园
低处的我
却无力推开它的门扉
我多想
让它明亮多彩的声音
在你的唇齿留香

我知道
在你黑白分明的眸子里
深藏着一个清澈的心湖
笨拙的我
却不能唤醒它的深睡
我多想
用融化冰雪的力量
洗去你眼睛里的戾光

于是
你放下了怨恨
走向高处
空灵的风吹拂你宽阔的前额
伟岸的生命之树
结满果实
面向今生
无怨无悔

2004.10

不再恐惧

往事已经看成了一幅油画
在时光的旧墙壁上
安静地沉溺着
直到把螺丝压弯
直到碎成一地的晶莹
像狗终于松开了已经没有肉的骨头
我松开了砍伤我的人
那些有辜而可怜的人

很多年过去了
我真的发现
我不再怕了
不再鄙视自己也不再张扬
低头走路无所事事
对轻视我的人微笑
他们因为不觉不悟才自以为是
洞悉了真相的人是沉默的

世间从来就没有人的成功
只有能量的此消彼长

用真诚报答每一份薄情
用心浇灌善良
为了避开说谎话
我尽量少说或者不说
对自以为真的话
试着用不说来说
所以写诗
这一刻的凝视
这一刻的真实

终于听见
自己的心
叮叮咚咚地泛涌
清澈的感恩
我因这伤口而再生
这一切就是此生的意义
我欣然认领了自己
我是我的救赎我的仪式
我耕种我的花园
怎样开始怎样结束
都是欢喜的

手　术

我伏在眸子里
看着被自己出卖的身体
被困在竖条子的套装里
冰冷而卑弱

刺激的消毒剂弥漫着的走廊
推车哗哗啦啦
我这个局外人
从世界的边缘擦过

麻醉剂把意识封锁在身体之外
白色的深渊里
切割、缝合、包扎
我赤裸的肉体顺从而安静

在这生命能量的低点
坚硬光鲜的外壳脱落了

体验生命的卑微与柔弱
心变的宽大温柔起来

2011.3

当风暴扫过

当风暴扫过我的森林
叶的裙裾如梦飞落
命运袒露了真相
我萧肃而嶙峋
听见心淬火的刺响
滚烫的痛楚肆意流淌
竟然也如此快意

灵魂在微弱地喘息
像蝴蝶失去了方向
在巨大的虚空里闪飞不定
我反复自语
世间的爱能清白吗
那曾抚摸着我的
是爱吗

2002.10

在那遥远的远方

在遥远的远方
有个偏僻的地方叫大柴旦
在柴达木盆地的北缘
戈壁瀚海的深处
我从那儿来
我从那儿来

"大柴旦"是蒙语意为大盐湖
而它对于我是走不出的故地啊
那儿有半年是劲风黄沙
当发白的夏季来临
太阳的马群浩浩荡荡
踩过茫茫的荒凉
踩过我孤单的成长

夏季的夜多么空阔
密集的星群灿若水晶

无数次啊
我仰起年幼的额头
星光蒙上了我的眼睛
我默默地问
你们是那半年的风力刮来的么
你们知道我么

青海到新疆的公路东西拉开
径直飘向天地的尽头
零星的车辆卷着黄沙急速离去
仿佛从未来过
路赤条条的
我的痴盼孤零零的

母亲还是她母亲的女儿
她的心伴着她的母亲一起受难
她看不见她的孩子
她时刻想离开
逃离父亲逃离黑暗的家
那急速旋转的车轮
终于扯断了我求救的盼望
卷起的尘沙沾满了我的呼喊
为此妈妈这个词始终让我疼痛

当遥远的岁月流出笔芯

漠风的嘶鸣淤积耳畔

大柴旦啊

你独立于隔世的岁月

漠然如昨

不知有我

我的天涯

我从那儿来

我从那儿来

2012.3

那些孩子
——汶川地震看见学生遗失的那些鞋子

孩子呵孩子
你遭遇了怎样的惊吓
这慌不择路的鞋子
是你对今生最后的呼救

孩子呵孩子
你忍耐着怎样的疼痛
我的心在寻找你的路上疯跑
怎奈那时间的马蹄"哒哒"

孩子呵孩子
你是怎样无助地挣扎
那所有的知识
都无助于你重返回家的路

孩子呵孩子

黑暗里你的生命经受着怎样的炙烤

已经用尽了全部的勇敢

怎奈死神已钳住了你的小手

2008.5

疼 痛
——惊闻汶川大地震的一刻

这是风景如织的春天啊
大地的绿窗突然崩裂
神啊!
你怎能什么都不说
就抽回了你的手臂
天地旋转颠倒众生
父老乡亲
兄弟姐妹
花季的孩子
他们都在那里!

当黑夜劫持了光明
人类被集体赶进地狱
我们的心在失速坠落
……

2008.5

她的最黑最长的一夜

他十月离开出差去了
回来是三个月后
熟悉的神采熄灭了
全身结了一层冰霜
她被挡在距离之外
她无意中打开他的提包
一双黑的高跟鞋突兀地横亘眼前

它踢疼了她的心
他因败露而失常暴怒
第二天一大早他就走了说去送那双鞋
那是半新的一脚蹬高跟鞋
后来她才懂得那是他们早已约好的
一双秀气的黑色高跟鞋
踩在她的心上旋转啊旋转

她听见自己身体里那一声裂响

完全决堤在失声的呼唤里

把他们相见的场景放给自己看

一遍又一遍

把门窗关好灯也关掉

只有月光进来

把她搂在怀里

一分一秒

衣架立在那里的

他的外套挂在那里的

他不是在吗

而他去了哪里

还不回来

还不回来

耳朵的雷达扫过夜的声音

分析每一声响动

那上楼的响动

打那以后无论白天还是夜晚

那上楼的脚步声

那扭动锁孔的声音

让她的心止不住地惊跳

那个岁末的隆冬的夜

她经历了血肉剥离的挣扎
人人都有最长最黑的一夜吗
时隔多年已在几千里之外
在夜晚回家的路上她时常惶惑迷失
一窗窗温暖的灯火
是那么遥远
仿佛一个幻梦

               2011.12

有的时候

夜晚的时候
时间的脚步声这样轻
踩痛了我莫名的思绪
黄绒绒的灯光里
飘着细碎的悲伤
我凝视着自己的姓名
她仿佛走了很长的路
只为此刻从远处回来
让我充满怜惜

有的时候
没有任何什么
能托住灵魂的孤单
世上只独自一人
连躯壳也没有
只有默默的一颗心

2013.8.北京

七 夕

说的是一场天上人间的爱
后来神的手掌轻轻一翻
情碎星河心隔两岸

每年农历的七月初七喜鹊搭桥
让两颗痴心团圆
再后来那些喜鹊飞散了

时光再一次粉碎
神是说再爱也要有所不为
爱亦有道不可僭越

不顾一切的忘我的爱是被诅咒的
没有人担得起
王子和灰姑娘以后的生活谁也不知道

爱是残酷的

是距离之外的梦幻
只为熄灭而绽放

仰望遥远的星河
像穿越人间颤动的灯火
为之感动而又云淡风清

这就是爱着
这就是放下
这就是永恒

2013.7

散 步

无论是鲜花烂漫的春山
还是落叶逶迤的秋林

无论是夏季浓绿如潮的郊外
还是清冷爽肃的寒冬

也无论是朝日初升的清晨
还是缠绵苍茫的黄昏

我们赶赴四季的风物
不早也不迟

在对光阴时时告别的眷恋中
孑然而轻灵的散步

这是多么奢侈
多么令人沉迷的姿势

或许唯有这个姿势

才配得上生命的华丽与孤独

                                2013.8

仿　佛

仿佛那修长的手指还埋在我浓密的长发
我感受到彻骨的温暖
可是你从来都没有被我看见

仿佛那双明亮的眼睛像潮水一样淹没了我
我安全轻松地漂浮着
可是你从来都没有被我看见

仿佛那轻轻张开的双手捧住了我的心
我的花儿自由丰盈的开着
可是你从来都没有被我看见

仿佛那宽宽的怀抱已经沾满我今世的泪水
我的伤心还没有倒完
可是你从来都没有被我看见

仿佛你是我生命里的一场温柔的雪降

我的心长跪于这寂静而痴迷的祈祷

可是你今世没有来

2013.9.18

编织物语

一针一针
织啊织
千段心曲
万段柔肠

爱的欲望
都绕进去
向前向前
她的修行

孤寂的时光里
她筑着她的巢
绒线网就了黑夜
也网就了她的灯

温暖柔软的毛衫里
藏着她的心她的姓名

花色服帖得像是她的标签
而他终于不穿这件毛衫啊

他不肯入她的围墙
那精心编制的毛衫
就这样摆在了她记忆的窗里
盖着她曾年轻热烈的心

            2000.12

悔

她是从哪里来的呀
到梦里来向妈妈求助的吗
像一朵孤单的花儿
被风推推搡搡的
没有方向
那么美丽而无辜

手怎么也牵不到她
心一下子从梦里蹦了出来
惊醒的一刻
还疼痛不已
时空转换
夜正静悄悄的走过

只有忏悔的青果
酸涩的汁
一滴一滴

远方的孩子
此刻在这平常的夜里
你可安好

那时初为人母
无知又无助
亏欠了你啊
在你一步一步渐行渐远的时候
我生命的脉
不安地跳动

          2013.11

平　衡

许多不经意的时候

生命的平面会突然倾斜

我们汇聚成一滴被重力拉长的水

在这一瞬间

照见真相

让内心疼痛

而我们有一双灵巧的足尖

和可以伸展的手臂

总能探到一个点

然后在一个姿势里

平静下来

然后慢慢变得轻盈

我们被反复试练

直到我们疲惫

直到我们妥协

直到这个过程

变成艺术

而不再倾斜

2013.10

和身体的对话

我的双膝
屈伸的时候已开始嘎嘣作响
而我对这个的发言没有在意
直到蹲不下站不起的时候
衰与老就是这样猝然而至了
像一个沉默的惊雷
这在我对衰老来到我的想象和准备之外

平复了怨怼
俯下身来用双手抚摸着双膝
忽然之间感觉到了双手
温柔灵巧体贴入微
一寸一寸双手带出了整个身体
我任劳任怨的身体啊
每一个部分都各司其职
承担着我们的意志大用于无形
直到有一天再也跟不上我们的心

向身体俯首的一刻
有什么从身体里面撤退了
而我穿越层层的灰尘
返回最真实的部分
与身体相互陪伴多么怡然自得
想着他们一直以来的好
想着造化的恩情
在打坐的姿势里合二为一
然后变轻
然后飞翔
顺着光

            2013.11

某个雨天的某个时刻

此刻
在江南
阴雨奔袭

我仿佛和一百年缠绕在一起
时光和珠子忽闪跳跃
熟悉而又陌生

以我爱过、恨过的样子
或者怨过、哭过的样子
都是温柔的样子

在这场人生的聚会里进进出出
仿佛再一次的爱恋缠绵
再一次的告别

心漂浮在寂静而热烈的尘埃

一时明亮一时暗淡

一时无欲无念

2013.2

今生的朋友

我走了以后
短短的几年里
母亲、父亲、妹妹以及两个弟弟相继离世
在这些噩运之间
无辜的丈夫又因车祸而瘫成植物人
一位纤弱的女子在她的中年
就是这样与命运的列车不期而遇
她被撞出了正常的轨道
抛向深渊

一边认真地工作
赢得了省级名师的至高荣誉
一边悉心照顾丈夫
还不远千里来到弟弟的病榻前
以亲情的所有温暖对弟弟作临终抚慰
现在又来陪伴重病的姐姐
这一切她是怎么做到的

当死神一次又一次把手伸进她的怀里
夺走一个又一个的亲人
让她做一次又一次的亲历者
这样的缘分是为什么

你要认命啊……
一切安慰的话
都已经苍白无力了
我只能在电话里哽咽
甚至连电话也没有勇气打了
我亲爱的朋友
在低眉的一瞬
看见你孤自坎坷于泥泞的黑白时光
我内心颤动着深久的不安

对待工作的热情与勤恳
对爱情与亲情的忠诚与奉献
让你的生命如此勇敢而庄重
那金子一般的光芒
让渺小的我壮大
当你明亮清澈的声音
再一次洒在我的耳膜
我紧皱的心被熨平了
顿然看见你生命的马匹

已纵身跃向光明

亲人们通过你

得以永生

2013.12.3

第四辑 中国的年

中国的年

又是岁末了
总是想着童年时代的阴历年
厚厚的雪覆盖着贫瘠的乡村
像大地的补丁一般
屋里屋外远近高低
落满了灼热的红色
蒸制年货的烟香令人销魂
用与血液相仿的颜色做媒
把心声寄给天地神灵
这最初庄肃而诚挚的图腾
在中国的血脉里流淌了几千年
是祖先悉心雕刻的时光

天地之间
我们的祖先是大自然的情人
把对自然最初的认知与崇拜
凝固成古朴而盛大的仪式

大团大聚感天念地
一切从中心爆发
溶进簇新的衣装
揉入麦面的蒸馍
现在过年总是害怕
这些过于丰盛的食物里有毒

雪寂静温柔
抑或是集体记忆中想象中的雪
神灵把农人的汗水还给土地
这无声的慈悲送来新年的布施
拂去了仆仆风尘
咽下酸甜苦辣把心再次擦亮
现在过年总是担心
雪灾人祸
打工的人拿不上工钱回不了家

这放纵的欢喜里
人们把苦难和希望都放进心的神龛
化作歌谣口口相传
敞开胸怀拥抱万物
凛冽的空气里流淌着素朴的热望
富足的今天远比清贫的昨天无聊寂寞得多
总在焦虑短暂的假期之后

要再次踏上失速的战车

月穷岁尽的今夜
我再也举不起少年时明亮的心灯
只报以无限的虔诚仰望岁月
一分一秒地把时间卒读
世界又老了一岁
愿病患者康复饥饿者温饱
愿有情人终成眷属
愿中国从苍老的核里破茧而出
愿中国的年成为生翅的童话
永世流转

2013.春节

中秋夜

多情的月亮把它的桌子
撑到最大最圆
擦得银光雪亮
为了邀请所有的中国人聚会
与他们的仰望碰杯
它又像是一枚糖果
中国人舔了一下
再舔一下
有无穷滋味

孩子们口含幸福时光
他们还不认识自己
更不知自己正在离开
思乡与思亲似乎无关地理的故乡
而关乎最初的怀抱
关乎孤单的成长

一切因为久远而复活而清晰
不论酸甜苦辣
都是温柔感伤的

一轮天地之心
浸透了多少灵魂的孤独的心声
见证着人间多情的烟火
就像一部老影集
高高地挂在遥远与咫尺之间
我们轻轻地翻阅细细地指认
顺着心灵的方向
飞往那个怀抱
尽管再也无法抵达

2013.8

悲凉的二胡

二胡像是为诉说一个故事而生的
在很久很久以前……

于是星沉海底雨过河源
我们当窗念想隔岸

两根弦近在咫尺
却远在山水之外

心在抽动的弓底碎了又碎
字字声声都是缠绵

一地月霜
千古悲凉

拉弓人在搬运愁怨的沉重里
沉迷不醒

中国人把两根弦绷在天地之间
诉不尽人间的繁华与哀怨

即使是喜庆的调子
底子也是愁苦的

2004.8

诹访内晶子的梁祝

她年轻的弓在弦上简捷明快地奔跑
像一匹任性的小马
亮烈而奔放

仿佛春的原野上
一条滚动着珍珠的小河
欢快而晶莹

那段凄婉悲痛的主旋律
是一个无辜的小女孩
诉说她无端的委屈

诉说是倔犟的怨怼
唤起了我温柔的母爱
想用双手捧起那张蓄满泪水的脸

她赋予梁祝以独特的气质

在感动天地的悲戚爱情之外
经典乐曲还可以掀开别的魔盒

2013.11.19

中国的草药

穿越漫长的时光
它们化育成美丽的植物
根、茎、叶到果
凝结了天地的精华
聚集了自然最初的信息
比人还要古老
它们怀抱初心
悄然生息独自枯荣
守着人间烟火

当人的七情六欲失控
中国哲学把这些植物勾兑
再用高温炙烤过的泥土之陶煎熬
它们的灵光乍现
成为生命的捕手
咒符一般把持阴阳的天平
把人这浊物洗清

2013.3

那些人,那些事

伏尔泰说:"人人手持心中的圣旗,满面红光走向罪恶。"

"担架……担架……
抬下去……抬下去"
紧急的呼喊使空气凝固
虽然是在看电影
受伤的人还是掐紧了我的呼吸
担架来了
他血淋淋地躺在上面

被抬下去了就有救了么
我不再知道他们的事了
还有无数的没有这个过程就死去的人
他们得到了为之舍命的东西么
他们真的想要那个东西么

当一面旗帜
一定要煽动仇恨
一定要消灭异己
一定要用双方的血来供养
那么它是不是邪恶呢

2012.7

在图书馆的书架之间

高高的书架像森林一样
风景深不可测
那些书静静地站在一起
醒在永恒的夜里

从它们之间慢慢走过
像划过的一叶扁舟
时间的喧响重叠交错
层层挤压在苍茫的岸

在一侧目的当儿
看见桌上的水杯屏住热气
默默注视着那执笔的人
他正用笔吐着他的火

我是一个没用的人
所以有很多时间

我赤着脚来他写的字里散步
顺便拾起他的珍珠

像寻找情人一般
我伸手与书相握
走进封存在深处的灯火
奢望相遇

           2011.7

诗

人面对事物第一次启动双唇
表达他们最初的认知
发出的那个清晰的音节是诗

当看见燃烧等自然现象
捉到了它最自然的本质特征
画出向上飘忽的"火"的符号是诗

开始戴上骨质的饰物
描述集体生活与劳动的欢快
心对美最初的觉醒是诗
诗是一切的开始

隐蔽在事物的核心
以各种语言和符号昭告而又躲避的存在
那让灵魂渴望而不可盈握的是诗

废墟之上
让我们的伤口慢慢生翅而凌空
那深渊里独自疯狂的玫瑰是诗

一切终成碎片
在现实、过往或将来的时光的碎银之中
那把繁复的碎片缝纫为风景的是诗
诗是一切的终结

2010.6

信　仰

每当看见黑夜里的红烛
它火焰的形状像是竖立的毛锋
跳动的灼灼之火
直指黑夜直指虚无
向高处追问真理

黑夜的背景正是它泼墨的宣纸
柔韧的笔锋在奔走
一团金红的能量
在时间的深渊里引导灵魂超越生死
使一个生物学过程获得价值
它的命名叫"信仰"

2012.7

偶然的念头

那些修旧如旧的桌椅
锗红不深不浅
漆色不明不暗
就像它们的遥远年代不近不远
上面歇着午后的阳光

镂空雕花的门窗洞开
开在它们自己的时光里
守候着那段时光里的一个人
当我偶然经过那个茶园
恍惚觉得来过

那个茶园虚幻着自己虚幻着我
以后的一些不经意的时候
锗红的门扉魅惑地半掩在心底
纠缠着我一次次走进它
而从未放我进去过

一些莫名的念头突然而至
就像一条鱼突然跃出水面
泛起意识的涟漪
那深水里还有多少鱼啊
我们是自己的陌生人
是自己不解的谜团

2011.4

那个时候

当时光开始降下帷幕
街市里还流淌着欲望的霓虹

当丰盈的河水退潮
露出嶙峋的老河床

当生命的红装已经褪色
身上布满了落日的灰

在这本质毕现的时刻
我要松开自己的心

我要常常坐在郊外
让清风坐在怀里

我要和石头一起沉默
进入深邃的时光隧道

愿生清澈繁荣而不膨胀

愿死从容安静而不黑暗

2008.5

十一月阳光里的那只小狗

灵岩寺后门前的马路上
铺着宽阔而缓慢的阳光
一只小黄狗横卧在正中央

车辆只有为让它而绕行
它旁若无人堂而皇之
昂头凝视着东方一动不动

它像是神的孩子
被那金色的手掌牵住了心
正专注于它的早课

在这个深秋的早晨
那只充满灵性的狗啊
我羡慕它的无惧和自由

2010.11

猫

它迈着孤独而优雅的猫步
一步一步
抬着头落寞地张望
深锁在自己的洞穴里

我们对视的一刻
它收紧了身体
仿佛要捂住一个秘密
那是我无法知道的事

黑夜来临
眼睛像玻璃球探照黑暗
凌厉的爪子提着机警的心
在那屋顶之上

2011.5

生 命

生命不是自我欣赏
而是我们对自己不满的注视

生命不是果敢的行动
而是我们缺乏勇气的优柔寡断

生命不是欢娱的聚会
而是我们默默地独自承受

生命不是有知识就拥有力量
而是我们的知识思想总在那一刻之后

生命不是成功的荣耀
而是深处我们期待抚慰的心

生命不是走向智慧
而是因为与生俱来的盲点使我们顾此失彼

生命不是满足与感恩
而是我们被财富功名爱情等魔鬼的捉弄

生命不是幸福的抚摸
而是对那短暂一瞬的卓绝幻想与漫长等待

生命不是诞生的宣言抑或离去的决定
而是一双捕获我们的手

2010.11

献给一位母亲

您是一个童养媳
那时您七岁
您不识字

在我遇见您的时候
您已是个清瘦苍白的老人
花白的头发服帖地整齐在耳后
若您清贫而整洁的生活

当患癌的老伴抱怨：
修祠堂、敬香、念阿弥托佛无用
您说："不!若有病，老人得是最好的。"
您伺候老伴从不求助于儿女

倔强的老伴拒绝治疗
终因疼痛难耐要求就医

您说:"别人要笑话你,
笑话你花钱做没用的事。"

您服从恶运而不抱怨的从容
是生命澄明无惧的神性
您是苦难种植的蓝草
是空灵的禅

于是,您的儿子给中国讲老庄
他名满天下后常常说:"我母亲……"

2009.5

殷殷水畔的青青校园

题记:
殷殷碧水畔
青青校园中
红日映松雪
绿树照春风
百年风华茂
千载紫藤情
科学巨匠在
文化精英出
卧虎藏龙处
熔铸光与荣

一

当第一缕阳光吹散黎明的迷雾
你脱去沉沉夜色
从轻轻的晨梦中醒来

在白墙黑瓦的静默中
等待复等待
不紧不慢的盼望
一年又一年

在一个又一个的清晨
一次又一次走进这古典精致的校园
总有一种眷顾从深处敞开
是谁在苍穹里诉说
绵绵不绝如缕
像是把传世的经书
于缄默的郑重中交付于我
我认领你光荣的名字
庄重如斯

二

屋顶静默
担负着的时代的风雨
我感到天空的重量
历史的重量
屋檐下怀抱着多少金色年华
像蚌壳口含它的珍珠
耐心打磨它们的光泽

当太阳做完了一天的功课
画好了从东到西的弧线
把有些倦意的夕辉伸到那洁白的粉墙
像是牵着你干净如新的衣装
我看见你如许的孤独
比落日还要遥远
悄然伫立在身后的某处
把一遍又一遍的叮咛
散在低处的青草高处的花枝
深情地目送一程又一程

三

这就是那挑着岁月的风雨
飞越了一百年的草桥么
这就是历经辉煌
在劫难中浴火重生的苏州一中么
我每次仰望这世纪的容颜
你都鲜亮如一个节日

当时代的手使教育成为一种暴力
这坚韧的脊梁已被深深地压伤
那神性的紫藤

挑着千年的星光为你守夜
你沉默着奔突的热望
隐忍在时光的尘埃
是那一群又一群无名无姓的人
把滚烫的希望拥抱在一起
用明澈的良知照亮神圣的殿堂
浇灌灵性的土壤

四

看啊
在你的中心
那个慈祥的老人
一颗教育的良心正襟危坐
他深邃的目光瞩视着我们的无措
而你是属于飞翔的草桥呵
是挽起历史与未来的象形文字
你是一个神谕
你的名字叫超越

来吧！
亮出我们的肩膀
以无路可走的决绝
抵抗现实的绑架

走向高处
于是你必将突出围困
必将再次从谦卑与清澈的光亮中现身
你必将成为道路

          2012.4.16于紫藤花开

茶

仿佛一个命定的等待
滚烫的水劈头倒下来
那翻卷着的
是怎样的壮烈

从这个巅峰时刻
纵身一跃
血脉迸裂
释放得酣畅淋漓

日月星辰之神光
山川土地之灵气
一并渗出来
我仿佛听到了遥远的吟唱

这小小的树叶
把吸纳的都吐出来了

那沁人心脾的气息
我有如受洗

它像神祇
穿过前世今生
进入我
让我空灵

一种轻沉入了杯底
像一声飘落的乐句
天高地阔
一览无余

细细薄薄的茶
我不知道你从哪里来
对你的布施
我以诗报答

2012.5

青 衣

京胡运来送去
时辰到了
幕布渐次拉开

她划着水袖慢慢漂过来
仿佛一片清寂的月光
咿咿呀呀口吐芳华

在时光的黑白之间
命定的坎坷
细细打磨着她的心

当烂漫花旦褪色
所有的伤心与悲戚勾兑成陈酿
她有个美丽的名字叫青衣

2012.2

妖娆的旗袍

大音希声的丝绸上
谁的剪刀流利地划过
成就了一个细腻又精美的花瓶
柔和的曲线展露无遗
那是对她们的终极表达
那么风姿妖娆

于是她们一袭丝绸的旗袍
清寒的玉臂轻垂如流
以特定的步容踩过来
流动着纯净而华贵的光泽
身体与旗袍彼此呵护烘托
魅惑而节制

在午夜笙歌的上海滩
旗袍穿梭于十里洋场的达官显贵之间
走到了它的巅峰

曾在历史的"那一刻"翻云覆雨
旗袍是服装史与文化史上的惊鸿丽影
空前而绝后

工业化的战车势不可挡
女子们要在时代的高速公路上大步流星
再也无福享用旗袍了
即使是在聚光灯下秀一把
也已经人物两非
毕竟逝去的永远逝去了

2010.7.7

一个冬天的早晨

冬天的早晨多么清冷
是什么把我一下子从梦里推出来
砰砰的心鼓是梦隐退的足声
有无数的冰晶
漂浮在清冷的晨光中
仿佛什么的碎片

牙膏里的薄荷使视力和听力变强
镜子反射着冷寂的光
房间里的一切清晰得令人惊诧
所有的物什变得如此陌生而异样
好像它们密谋了什么事
现在要纷纷站出来说话

我的家具们忍耐着我不断地擦拭
因为我已经污损残缺
揉皱的心再也拉不展了

所以它们必须清洁明亮着
这个始料不及的冬天的早晨
在这个高高的洞穴里
我倾听我的家具们

2011.12

暮色中狂奔的骏马

黄昏的牧场上
一匹骏马忘我狂奔

群山起伏着落日的血
是什么十万火急地追赶马儿的心

它仿佛听见了祖先的召唤
灵巧的四蹄闪烁交错

"的的……"擂响的节奏
加速着大地的心律

马儿以完美的姿势接近极限的奔跑
仿佛在追赶它的骑手

一团卷着疾风的火
从黄昏的边缘滚过

牧场陡然辽阔

我感到了自由和荣耀

2010.11

大海之蓝

粘稠的大海之蓝
深邃的忧伤

粘稠的大海之蓝
狂想凝结的深渊

粘稠的大海之蓝
生命的无知与勇敢

粘稠的大海之蓝
让一切无痕光洁如缎

粘稠的大海之蓝
生命永恒的乡愁

2011.1

似懂非懂的音乐

无法言喻的深刻情感
游魂一样慢慢四散开来
空荡而稀薄地涣漫

那幻变着的模糊画面
那似有似无的时光碎片
从虚幻到虚幻

一会儿像是在郑重地告白
我迷失于听觉的深渊
任它从所有事物中浮现

2013.1

当《春节序曲》再次响起

当《春节序曲》的旋律
再一次从古老的大地上升起
一种农耕文明的旷古之声
那清贫而感伤的美丽
再一次熨烫着中国

欢快喜庆的前奏
敲醒了积满风雪的岁月之梦
简单清澈的幸福猝然而止
辽阔苍茫的皇天后土
是苍劲古老的中国

淳朴欢喜的笑脸
玉米金黄的火焰
鞭炮一样鲜红的辣椒
一群如痴如醉地打着腰鼓的农人
是土地的儿子

大提琴低沉的齐奏
传来黄土地深情的吟唱
打工者低头的一瞬里
看见了白发苍苍的村庄
遥远的北方让心一下子又高又远

他们穿着酷暑与寒霜
说着故乡的方言土语
涌向回家的路
从南中国向北中国
正演出着人口大迁徙的灾难般的壮举

那苦难而温暖的旋律
抚摸着岁月伤逝的背影
在广袤的灾难累累的大地上流淌
仿佛对每一个亡灵缅怀的絮语
从北中国到南中国

当《春节序曲》再一次响起
新年的红舞鞋旋转着旋转着
来了,从冬的深处
此刻的中国
向着滚烫的岁末潮涌

时装表演

聚光灯的光束
仿佛来自宇宙来自神之手
打通了一条窄窄的路

模特们来自夜色
一个个像冷面的排骨精
步容急促而坚定

神在看不见的地方
看着他们从远古走来
仿佛欣赏着自己的作品

模特穿着时代的美学
摆动着腰肢
凸显着人类骨骼进化的最美比例

在那窄窄的路上

孤单而匆匆

空洞而苍白

2005.4

当教育成为一种暴力

学校的工厂里
装满了国家的意志
通过教育的手
制造为它所用的工具

课堂被钉死在一个数字上
我们反复磨枪
我们反复默写
只为快而准地灭了那一张张的试卷

我们以正当的名义说谎
只为驯化那一颗颗年幼的心
在他们正在成长的生命里偷取时间
只为赢得那最后的一考

当教育成为一种暴力
就再也没有园丁和桃李

只有奴役和被奴役者
只有机器和操纵者

2012.1.1

苏 州

每当从外地驶入苏州
车一路溜冰似地轻松起来
静谧的绿地
时刻敞开着温馨的怀抱

苏州总像是洗过的
粉墙黛瓦素净而冷艳
石头也是明净灵动的
小巷里岁月深深

不经意的绿枝上花儿横斜
不知名的石桥弯弯跨越
像岁月老人的扁担
担着众生的滚滚红尘

吴侬软语
岁月静好

处处存放着特有的温柔
静悄悄地浸润着来来往往的人

苏州是柔媚的
像一位不着脂粉的美妇人
漫不经心地守着自己素净的光阴
等待那敛翅归来的人

她沉默着曾经的繁华
举手投足之间
有种悉心雕刻过的韵致
苍老而缓慢

苏州一直消费着
那曾经在缓慢中磨亮的精致
这个作为诗歌的城市
是每一个亲近者的心灵鸡汤

2001.10

青青子衿
——献给青海湟川中学所有曾经的学生

当你声音的蝴蝶

回旋在我荒凉的秋天

当你说出对老师的感恩

清新的感动使我如沐一场初雪

一群迎着朝日的风华少年

昂扬的生命牵着鲜红的领巾迎风飘动

永远以春天的样子在我的生命里渐次展开

时光猝然新鲜明亮起来

回眸的一瞬里

我看见自己混沌未蒙的初心

因为无知而自大

因为粗浅而笨拙

因为自私而狭隘

更因为没有觉醒而缺乏判断

被反复篡改反复污染

这颗心里深埋着的爱

因为穿越你而被唤醒
我在你纯洁的眷恋里得以完整
在教师这个词里得以皈依

教育原本是一部关于爱的史诗
因为宽厚而博大的爱
种种技巧才有如精灵般择机而现
所以它是爱的艺术
是使人成为人的艺术
当时代的战车
在工业化的跑道上失速
学校已然变成了工厂
教育陷于应试的深渊而万劫不复

正是无数次回眸你纯洁鲜活的生命
在一次又一次地相见与告别中
使我回到自己
使我在这个粗陋而野蛮的时代里
愿意纯洁自己精致自己
于是
我唯有感恩

2013.10

第五辑

纪念海子

生命的伤口
——海子二十年祭

在那一刻
你与什么相遇
洗尽脚底的泥不再走了
那只长长的手把你收回
从轰鸣的铁轨之上

思想的高能光束
穿过生命的黑夜
在一个拐点上
断裂了
太酷烈了

你生命的伤口里
插满了诗歌的玫瑰
它纯净的火焰
赤子的心
在人们永远地仰望里

春天穿着鲜花的鞋子
跑遍了你的足迹
向着那个日子
向着你离去的方向
反复呼唤着

2009.3于苏州

雨

灰色的翅膀颤抖着
零乱的雨线编织着它的外衣
阴暗的光一层层落下来

往昔像星辰一样忽隐忽现
一个年轻的背影闪过
她仿佛一直住在从前或未来的雨里

这背影穿着宿命的悲伤
就像眼前这细雨中的白玫瑰
忧郁而安静

我的墨落进这雨天里
如一滴攥得很紧的烟
渐渐散开着幻变着

像一种字符在暗示什么

神秘而诡异

然而是美的

                                              2002.3

体 验

深夏的夜晚
突然从浅睡中醒来
屋里涌满了清清的月光
所有的东西都像漂在水里
我也同样飘着

凝神的仰望中
一种遥远而空幻的力量
抽走了脚下的土地
我被升起
轻盈空荡的仿佛不存在
有这样的瞬间
我遇见神

2004.8

文森特·梵高

> 有些花只能盛开一个小时,有些真理只显示给一个人看。
>
> ——陈丹青《纽约琐记》

在颜料的深渊里
究竟洞悉了什么
你这样奋不顾身
每一笔油彩都蘸着性命
浓烈的色流冲撞旋转
淤积的情绪已按不住
扭曲、变形、喷射如火
悲伤因为极度而变得明亮
一个受了委屈的孩子来不及擦净泪水
就执拗地向人们报告他的发现
迫切地说:"看呀,你们都来看!"

一个对生命和美爱之不尽的人

把心切碎分给了世界
而人们却视而不见
灼烧的激情没有一个观众
一团执意燃烧的火
终究唤不醒尘世的眼睛
无辜的灵魂失控了
从一只耳朵里冲了出去

天才之对于天才者是一种惩罚么
一次又一次的危机之后
再一次独自走到巅峰
乌鸦迷狂地翻卷
像绝望的碎片
死递来了黑色请柬
一声枪响滚过金黄的田野
生的屈辱倒下了

就像生的热舞没有观众一样
你死之谢幕也只有神知道
之后你庄严诞生
那用颜料的块垒砌成的墙
从逼仄的画室里横空出世
拦截了时间
身无分文的你的死

制造了无尽的财富和荣耀
仿佛唯其如此
才能证明你的天才
才能赢得你的尊严
这是怎样的残酷

这是一个人与自己的永恒遭遇
也是一个人与一群人的永恒遭遇
抑或天才是一种禁忌
人们无能承担
他们来人间是借一段路的
只做短暂的停留
我终究不能看清
天才的生与死
只有一再地问

2012.7

蒙娜丽莎

暗色调的背景里
她素颜端坐
仿佛黎明从黑夜升起

丰腴的手臂
半裸的前胸
旋流着母性的威仪

微肿的眼睑
侧身之间
流露不屑掩饰的自信

嘴角噙着一丝恍惚的微笑
以洞悉人心的深沉
面向时光

她仿佛在高处

微微斜视的眼神
使一切遥远

怎样的历练之后
她冰冻了自己的心
成为淬火的剑

藏进剑鞘
以不杀的玄机
捕获来者

2010.11

有一块太湖石叫"瑞云峰"

  题记:"瑞云峰"是一块太湖石。据记载是宋徽宗"花石纲"遗物。历经周折后于乾隆四十四年(1799年)被织造太监从留园迁至当年织造署西花园——乾隆南巡行宫,也就是现今苏州第十中学校园内。为江苏省重点保护文物。初见"瑞云峰"时值六月。

是神裁剪的一角祥云
落地的一瞬化育成石
有云的幻化多姿与山的静默巍峨
故谓之"瑞云峰"
我这样附会地猜想

该是一块怎样传奇的天石啊
累世累劫之后
落座在江南一隅
这该深藏着怎样的机缘
而走近你的一刻

那风起云涌的气场袭击了我

群树环抱的绿阴里
众石围绕的敬仰之中
你俨然是端坐的王
仿佛刚从幽深的水潭出浴
这样赤裸地矗立着
堂而皇之

没有隐蔽只有无限地敞开
精巧的蚀洞气象峥嵘
是撞击风雨雷电的千孔之笛
站在天与地的隘口
以生命的激情奏响天籁
听那渐远的回响

你这样痴迷于自己的伤口
抑或只为呈现
海枯石烂之后
作为一块石头所能抵达的风情
一具时间的骨骼
一个拒绝的手势

回眸之间

山色有无
它完成纯粹的自己
在人间沧桑之外
在帝王的姓名之上
我的仰望被升起

           2011.6于苏州

雷锋之所以成为雷锋

对一个社会来说
罪恶始于无视劳动者的利益
对一个人来说
罪恶始于无视他人的尊严

罪恶的旧社会
雷锋的所有亲人都是雇工、佃户
或欲做而不得的无产者
雷锋三岁丧父七岁丧母
这个挣扎在生死线上的孤儿
有幸等来了革命
共产党的阳光雨露哺育了他
他成长为一个有尊严的劳动者

"一切归劳动者所有"
"哪能容得寄生虫"
这是新中国多么大的道义啊

对阶级的深刻记忆
对新社会赤诚的爱
化作饱满的工作热情
以无限地为人民服务为终极追求
这是一个受恩者的报恩行动
雷锋是那个时代里众多劳动者中的一个
他们是一封封用生命写给新中国的情书

那个单纯的时代过去了
物质利益的优越代替了道德的优越
阶级的兄弟姐妹变成各种竞争的对手
时代的列车已经失速
我们崇尚卓越拒绝平庸
做大做强只有更好没有最好
我们向自然索取并且彼此索取
工作成绩异化成了空洞的数字
我们成了俘虏

雷锋是个幸福的人
我想有很多人和我一样
热爱雷锋羡慕雷锋
羡慕他那单纯高昂的激情
渴望像他一样做一个幸福的报恩者
而是什么操控了我们

毁掉了我们的心

2012.3

铭记这个时刻
——为汶川地震中罹难者降半旗

那是中国流血的一天
神在美丽的春天对汶川屠城
在这残酷的时刻
每双眼睛都是惊恐的伤口
每颗心都在疼痛

我们被困于现代文明的沙盘
奔波在物质与功利的跑道
欲望业已蚕食着我们的灵魂
当我们在天灾里陷入黑夜
我们蒙难的心又一次紧紧拥抱

此刻,站在这里
我们的灵魂有如受洗
一如五月里葱翠的青草
我们的心灵赤诚而高贵
一如血泊里重生的玫瑰

鲜红的旗帜

在我们对生命的仰望中

冉冉升起

党为人民的血流泪

政府为人民的痛疗伤

愿我们铭记这一刻的感动

铭记这生死相依的时刻

守住这一刻的清澈

做清白的人

做人民的官

            2008.5

走向黄昏

当下班骑车行驶在橘光尽染的街道
我下意识地想这是时间的锈吗
心忽然被什么拧了一下
这如潮的人流究竟要涌向哪里
亘古恒在的社会组织
永远有它强势的指向
有形无形中驱使着我们的心

当我们驾驶着这摩天之城
在文明的跑道上奔跑
每天在敲击键盘的哗哗声响中结束
当用不断创新的科技偷取自然的能量
用一切极尽心智的努力
弥补对时光流失的恐惧
我们的肉体和我们的创造依然在锈蚀
这不可逆转的过程
在紧张的挽留中不断加速

不远的边缘

深邃的黄昏从容不迫

折叠的光渐次打开

苍茫之中

我看见了一个永恒的等待

等待着世界的朝圣

等待一个不断走来的过程

高官富贾平民和衣衫褴褛的流浪者

同在一个无限的怀抱里

进入谦卑与平等

被原初的清洁与纯朴照耀

最初上苍给了人一个机会

使其化育成人

这样的慈悲被人的贪婪辜负了

在这个黄昏我怀着忏悔

带领我的诗行

从低处的尘埃中

面朝那黄金的光

面朝大美的自然

与宇宙相遇

2007.4

银亮的舞鞋

银亮的舞鞋多精巧
急速地旋转像个精灵
在寻找一个飞点
忽然间一种封闭打开了
灵魂冲出了禁锢
轻盈的肢体一团花开

从脚掌行走到足尖直立
把身体竭尽全力地引向空中
犹如一次蜕变
毛毛虫变成美丽的蝴蝶
在翩翩飞舞之前
经历了一个怎样的近乎残酷的过程

人生历经劫数
只为拨开层层遮蔽拥抱自己
就像这寻寻觅觅的舞鞋

一切的运动只为腾空的一跃
我有这芭蕾的舞鞋么
能借她的魔法飞升么

2012.3

山塘街
——一束瑰丽的时光

一

黑瓦绵延起伏
勾勒出美丽的天际线
白墙依水而立
这黑与白的风景该是多少的白昼与黑夜
在清寒的月色里
像是独守岁月的白发新娘

在这人迹疏落的街道
青石板上灯火浅照
脚下有不可名状的骚动
那是一个朝代的余响
笙歌依稀可闻
吹破了的雕栏层楼
琵琶声声的幽怨
烙伤了朱栏花窗

英雄骚客一瞬疏狂
多少缠绵于灯火明灭的瞬息
落入尘埃

二

串串的红灯笼如梦如幻
灼烈痴迷得让人心惊
浓红的光跌入清洌的河水
寂静的火焰烁烁如龙
山塘河水如此清凉
像历史那长长的伤口
忽闪着虚幻与隐痛

多少繁华久已凝结在逝水
不再醒来
只有苍凉的背影
在距离之外
那是灿烂的唐宋
奢靡的明清
就把心倚在这弯弯的小桥
借它的神力飞渡月光
回到远古那瑰丽的时光

2008.6

第六辑 岁末的祷词

岁末的祷词

题记：

一

背对南方的故乡
掩藏了伤感的青葱岁月
你年轻的心指向遥远

拉响汽笛
随着那一声撕心的长鸣
对天空吐出无法诉说的屈辱

吞下苦涩的泪
让绿色凄然的草原温暖孤旅
疾行的足音叩响八月茫茫的荒原

切开青春的动脉
让血洒进北方苍茫的河流
抚爱那干涸的土地

挺身于百年不遇的雪暴
匍匐在黄河的滥觞之地
喊出今生的誓言

只为挣脱命运的绳索
只为攀摘属于你的光荣
只为找到那个怀抱

二

我被从昏睡中晃醒
冰冷的白光刺得睁不开眼
车陷在雪窝中打滑着像个摇篮

离开故乡的悲伤还没有散去
父亲严厉命令的目光
让我不知所措

四十多年之后的此刻
我还能清晰地看见那个五岁的孩子
恐惧的样子

在千里戈壁上穿越一场弥天大雪
对于我的人生是个充满预示的事件

时值1967年的深秋

离开秦岭以南的一个美丽县城
被父亲带到了遥远的西北
开始了蒙难的成长

那四荒八野的戈壁呀
漠风抽打着漠风
紫外光漂洗着难以打发的日子

累世累劫之后
你来了我来了
不早也不迟

在命运的迷雾里
在欲雪的岁末
在青春锦时

一

已是大雪节气
江南飘浮着澄冽的光
钢琴叮咚
时光的雪群奔袭

一切是从那时候开始
是个欲雪的午后

第一次应约相见
宽大的藏蓝毛呢中山装
沾满了陌生的时光
你来自多雨的南方
沙漠里长大的我敏感到你的潮湿
清瘦矜持的书生摸样
咖色镜框之后是警惕的目光
专注于辨认
决然没有初次相见的欣喜

五个人依桌围坐
你习惯地侃侃而谈
刚从什么地方采访回来
方励之刘宾雁龚巧明
李泽厚和《美的历程》
我觉察到自己开始升温
一个窗口陡然被打开
我兴趣盎然

七楼的阳光这样充沛
直射你简素到清贫的生活

桌上翻放着《艺术哲学》
朋友说你要书写百年孤独
你很少谈及家人
仿佛孤独到没有家人
当谈到父亲
眼白离奇地变红
黑白明晰的眸子痛楚地转动
那时我全然不知
但心生怜惜

二

你是那个岁末的一场雪
降落到了我的生命里
"我要拯救你"
那一刻我被什么暗示了
使我说出这毫无预兆的话
让自己吃了一惊
你嘲笑我自不量力

你一无所有
反而坚定了我义无反顾
将自己素手相托
十一平米逼仄的空间里

躲藏着两颗有隐痛的心
我们都需要啜饮爱的血
那时我们对自己全然不知

你像是个我久已等待的人
怎么有那么多要说的话
即便是一团没有头绪的乱麻
我第一次觉察
面对你的时候
我的心如此悲戚
总有莫名的泪水

是什么降临了
一种莫名而强烈的悲喜
像一场意外的风暴
让自己猝不提防
二十七年前的那个岁末
是什么击中了我二十五岁的心
被命运捕获

三

父亲父亲
您不再像当年那样疾步如风

那双黑白明晰的大眼睛依然清亮
时而像是转动着温柔的情话
让我不能相信
曾经的凶光咄咄
因为仇恨而变形
暴风骤雨般的发作
白大褂旋动刺鼻的消毒液气味
好像我们是应该被灭的细菌

暮云垂落的戈壁尽头
您的孩子孤单无助地成长
他们怎么可能不长成疾病呢
爱这个词
怎样成了我今生的饥渴
成了我的精神病患
父亲父亲
几十年里我不断地问啊
我看见了
您的苦难远比那个时代的苦难更深
懂得了你是怎样地独自挣扎
我可怜的父亲

那个暴力的年代
一段血腥的历史记忆

政治文化使人性之恶发酵

绞杀了人的良知

人们相互敌视

彼此出卖

这是一个国家的隐痛

从来没有真正彻底疗救过

当想起的时候

天黑了下来

夜从身边走过

四

这深深的内伤

当时自己全然不知

我什么都不需要

只要躲进你

用爱的庇护融化冰雪

是你给了我这样的期盼

不是吗

"一条沉沉的船

帆昭示岁月

昭示永恒

……

让阳光注入心田

吐出黑暗
长出绿洲
……"
这是你今生唯一的蹩脚的诗啊
虽然早已火化了
可那灰烬落入了我的骨头

我们之间少有轻松快乐
即使是在最初
我们像两杯苦酒渴望碰杯
把一切碰得支离破碎
仅仅三年
你姿势绝决
那个岁末你只求速走
你的魔鬼在催促着

几十年的无数个瞬间里
一次又一次地看见
我背负着原初的累累伤痛
自作聪明清高鄙视世俗
在茫然中寻找庇护的初心
那颗无知的不顾一切
奔向你而被摔碎的心
依然会——

热泪盈眶

那一刻你顶住了自己的审判
甚至对我说:"你也是自由的"
公然炫耀自己的勇敢
所有的人都成了你的假想敌
是要对什么做一次清算吗
紧攥的拳头不知砸向哪里
究竟是什么让你放下了
妻子和孩子
几十年里我反复追查
一次又一次地顺着你的来路
望过去
望过去

五

时光戛然断裂了
空空荡荡的房间里
只有一个人的分秒明灭
谁能给我明示
夜的兽围堵在窗口
它渴望我的血
那是怎样的恐惧绝望

黑夜呵多么长

长得我来到黎明几近枯竭

生命的氧气几近耗尽

那巅峰的一刻

我与什么相遇

谁在不知疲倦地悄语

一遍又一遍

不曾离开

熟睡的孩子

那么乖巧安详

红红的小嘴像玫瑰

仿佛是用这样的信任

来提醒溃成稀泥的母亲

多少负能量灌入了年幼的你啊

几十年之后面对你柔弱的身体

在无言中对你呼喊着成千的悔

亲爱的孩子

我配不上

做你的母亲

在对自身的追问中

时光深处的一个小女孩

在对父亲的惊惧之中

对母亲的渴念之中
无助地站立着
一双大眼睛怔怔地看着我
我们走了这么久
终于看见了彼此
这是注定相遇的一刻呵
亲爱的父亲母亲
你们说:
我们多么爱你
其实有多少人父人母
是打着爱的名誉活着自己

六

穿过高原的风雪
穿过南方的四季
穿过谋生的机器
命运的罗盘指向你的故乡
在你的发源之地
猝然看见你的冰峰之下
殷红的内伤

那至亲至尊的人
亲手刺伤了你洁净如朝日的初心

刺伤了你所有的亲人
砍伤了你的根
屈辱是一切的根源
你曾怀抱着拯救的信念
屡屡受挫而终成绝望
不再信了

时常剑拔弩张
看不见恩情
看不见光明
把笔磨成了复仇的刀
只有征服的渴望
全然不知这是在伤害自己
多么无助
我的心唯有悲切
不忍责问

没有人知道
在你谈笑风生挥霍妙语的背面
有一片黑夜
囚禁了自己和亲近你的人
在你身边是我今生的修行
注定要独自把夜路走完
一颗心究竟需要多少执着

一寸一寸
踩过血与泪
踩过岁月的荆棘
才能抵达另一颗
最近的心
我想扶起来的心

七

你时常在自己的洞穴里下陷
在你的黑夜里缄默
而我是跟踪者
我去了那深处
沿着只言片语的缝隙
触摸到了寒冷
而切开生命的洋葱
终没有真正的答案

我们所需要的
远远超出了彼此的拥有
爱情在我们之间
或许从未曾发生
究竟是什么
让我们彼此背弃又相互依恋

人生非要说清楚的话实在不多
而这是我今生必须的问题
必须对自己说清
而陡然清晰的是
所有的疑问都指向内伤
灵魂让我们彼此指认
看清自己
疗救彼此

我被一束幽深的火焰所指引
生长词语的青藤
它蔓延蔓延已爬满了血脉
我是怎样地在怨恨与怜惜之间
在追问与答案之间
痴迷地游走着
又是怎样地在一瞬中
碎裂又忽而重生
匍匐在命运的门外
等待聆听

　　八

茫茫人间我们应约相见
总有不舍的情愫

即使是在我无法安慰你
你亦不关怀我的今日
我们还在一起
想来连自己也是吃惊
我佩服自己的勇气
旧恨新怨中
我瞪大了眼睛
一遍又一遍
一遍又一遍地看啊
尽内力做异次元的再造
只为看清命运的深意
我活在平常的时间之外
隐蔽于世界之中

穿过日常工作与生活的碎片
我会被集中于一处
那个地方便是你是我
两个冥想点
两种练习
对此你全然不知
阳光如瀑了
你还在睡
那孤单的睡啊

像是一个结
多少年来我想要打开
像一个人的探险
心已经弯了
不再抵抗
只做旁观
一个无辜的远走他乡的人
在绝望中奋力生长的人
一个把仇恨的刀砍向我的人
原来我怕你溃败的样子
更胜于自己的陷落
原来我一直臆想着
桃花相迎的春水上
那个牧鹅的无辜少年

九

光鲜的女士们
我亲爱的你们
你们是怎样地活着自己的命
生存的艰险打磨你们
磨啊磨
磨成空阔光鲜的白纸
一时精致柔媚如丝绸

在这世上飘

一时犀利如绵软的剃刀

只要把最亲爱的自己抱紧

只要证明是被爱的

而笨拙的我

只痴迷于在纸上自作聪明

生长一颗无望的野心

想要抚摸他们的灵魂

静默地坐在彼此身旁

我们都习以为常

我的荒草已经这么深

这么深了

它长满了日夜的长廊

从青到黄从黄到青

我是我取之不尽的源泉

是自己不倦的观众

唯一的知音

飘渺的苍穹里

谁把经文写遍四季的风物

向我昭示天地

渡一颗悲伤已极的心

来到神的近前

忍受伤害亦无需辩白

因为我相信自己并非无辜

一切已经磨得透明如空

你原是那我看不见的扶手

黑暗里攀升的阶梯

我被你再造

十

我以对生命深切的悲悯

洗白了那被辱没的爱啊

牺牲是可以超越悲剧的

我快要做到了

我日夜弹奏

你真的不知么

"我踏月归来,只因你在山中"

千山暮雪之后

我依然记得这蚀骨的话

一遍一遍

一遍一遍

难道你真的不知

没有看见没有听见么

在寒冷而青绿的江南

这个平凡的岁末

我忽然被什么升起

自己耽溺在长长的雪降里

已经太久了

我已经如此厌倦了

走出的时候

已轻如微尘

只有那七色之火

向着命运

向着你

一切才刚刚开始

此刻啊此刻

我从遥远的地方

遥远的时间里回来

已是空山秋月

风华天成

我手捧玫瑰

素心如水

我爬上诗歌高高的梯子

送走了那早已走远了的一切

而我还在这里

还在守望

十一

时间已经太细了
怕是已担不起我的心
可是啊可是
可是就这样算了吗
在这么长的沉寂里
这么宽阔的寂寞里
在你暗淡冰冷的眼神里
我还在默默地等待
看你嬉笑怒骂之后的一瞬里
神态的火焰转眼成灰
你码字码到最后
总是把理想奋斗和爱化成灰
很炫的语言只是片刻的娱乐
很炫的文笔也只能维持短暂的阅读
这真的是你想要的吗

最初的记忆中
你说自己能轻易叩开地狱的门
那时我只当是故弄玄虚
快三十年了
你放纵过了
在我孤单的痛哭之中

在孩子嗷嗷待哺的生命里
可你并没有解脱
你一直在受难
至今还在说：
"死就死了没什么"
是真的吗？
你凭什么这样说
这能算是交代吗

誓言是用来背叛的
生命是用来浪费的
只是甘心就好
在命运始料不及的玄机里
在时代浑浊的漩涡里
每个人都有自身生命的困境
都有此生要跨越的刀锋
人与人之间
与体制之间的本质关系
从来没有改变过
都是人与自己的关系的投射
我不相信时代的光明能照耀个人的黑暗
亦不相信时代的黑暗能吞噬个人的光明
而所有的书写都涌向那黑暗的部分
宗教与艺术从那份黑暗中诞生

于是生命变得温暖而谦卑

十二

把宿命的凌辱咽下去
也不要放大苦难
把责任顺手推给社会
不要臆想夕照的硝烟里
血泪满襟的英雄
反复证明的只能是自己的怯懦
谩骂怒吼是多么容易
多么快意动容的表演啊
让真正的自己逃得干干净净

我们的命是可以随时死去的
但要在此生的最高处
为什么不能刷新自己
像大海淘去岁月的泥沙
基因的泥沙成长的泥沙
人皆有之的泥沙
你是你自己的摩西
一如基督说：
我就是道路
愿神给你启示

牛顿把灵魂放进了自然
上帝用苹果把真理送给他了
真理只追逐赤子之心
就像是颜料之于梵高
《红楼梦》之于曹雪芹

回到最初
回到血脉
回到中弹的地方
从生的苦难中学会谦卑
从罪恶与屈辱中接纳自己
带着那个溺水者
奋力地划啊
向着自己的光
那神性而高贵的光
必将照耀你

唯有自己的光芒
能熔蚀身体里所中的子弹
松开了自己就松开了所有的人
宽恕了自己就宽恕了一切
抵达爱与感恩
降落于柔软而宽阔的慈悲
唯其如此

才无愧于今生的苦难
无愧于我今生对你的俯身

            2013.1

后记：从生活的沧海回到水

弗吉尼亚·伍尔夫说："把一个普普通通的人物在普通的一天的内心活动考察一下吧。心灵接纳了成千上万个印象……它们来自四面八方，就像不尽其数的原子在不停地簇射；当这些原子坠落下来，构成了星期一或星期二的生活，其侧重点就和以往有所不同：重要的瞬间不再于此，而在于彼。"她还说："真实就是把一天的日子剥去外皮之后剩下的东西，就是往昔的岁月和我们的爱憎所留下的东西。"

无论人们是否觉知，意识的河流总在像时间一般流动，从不会停息。所不同的是，时间一去不复返，而意识则循环往复变化无穷。在每一天里的某个连续的时间段里，或者是某个短暂的瞬间，过往的某个时刻会恍惚重现。那一刻身体里的一双眼睛忽然睁开了。

我的一生似乎始于一九六七年冬季旅途中的那一场弥天大雪。那时五岁的我正随父亲进入青藏高原……对我而言，这次随着完全陌生的父亲，乘坐一天一夜的火车，再乘坐两天汽车穿越茫茫雪原，前往遥远的柴达木盆地全然是陌生的经历，而且是突如其来的，让我充满了手足无措的恐惧。这之前的岁月仿佛被完全覆盖了，没有了清晰的记忆。而它之后的时间，是顺着孤独与恐惧的童年流淌至今的一条漫漫潜河……人就是这样生活在过往的。

记忆的波光重叠，人的内心是个细密的、无限繁复的世界，使人生有了繁复的层次和密度。爱的体验如此，人生的所有体验亦如此。生命中，没有一种感情至始至终是完整无伤的。爱情如此，亲情等等情感亦如此。而这一切或许是源于生命的需求远远多于现世的给予，多于我们彼此的拥有。

作为一名中学教师，我还亲历了中国教育从恢复高考，到"应试教育"的发生发展直至高潮的三十多年，至今仍欲罢不能的全过程。教育的本质本应是使人获得解放，使人获得自由发展的能力。但现实之中，"升学率"是高悬于中小学校生存与发展的生命线上的法尺。那么追求分数自然而然是学校所谓"有效课堂"、"有效教学"的终极标准。学校也就不可避免地变成了制造"器"的工厂。而我有幸来到了叶圣陶先生的母校——苏州一中。这是一所百年老校，有着深厚的历史与文化底蕴。人文教育的思想雨露滋润着一代又一代的一中人，同事们是这样孜孜不倦地，以饱满的热情在现实的泥潭里地实践着自己的人文教育理想，其间的艰难与艰辛一如带着镣铐的舞蹈。

三十多年来，我迎来送往了一批又一批莘莘学子，亲眼目睹了他们一茬又一茬从校园到社会，从烂漫的少年到疲惫的中年；从壮怀激烈到迷惘无助；从满怀理想到为生存而折腰……我的心中总是陡生出排遣不掉的惋惜与悲凉

生命中总会有那么一刻，在对这个失速世界的承受达到饱和的时候，在遭遇到的挫折和失落超出了能承受的限度的时候，无论

是谁,都会开始质疑、开始排斥那些强行裹挟着我们的身外之物,并开始追问生命的意义,开始寻找灵魂的归宿。

我当然也不可能例外。直面当下生活中正在发生的,和过往生活中的种种隐痛,我就像是西西弗斯把那命运的石头一次又一次推到山顶一样,想把自己从那些伤痛中,从时代的暴力中打捞出来,努力为自己的灵魂寻找归宿,从生活的沧海回到水。

而恰恰就是在这样的努力之中,我理解了自己,理解了人生,并生长出了一种心灵的力量。这个力量像一种召唤激发着我的生命力,就像古罗马诗人马提亚尔所说的那样:"回忆过去的生活,无异于再活一次"。虽然凝视伤痛的过程,就像是在钢丝上的行走,会让伤口一次又一次地流血,甚至是要面临登上精神的悬崖之后无路可退的孤独无助,和接近崩溃的险恶危机。但正是这样的一步一步地走向边缘走向深处的过程,成全了我的独自荒芜又独自开放。

反省式的回眸过去的生活,无异于重新活了一次,我从那些生活的碎片中获得了完整的自我。于是诗歌开始呈现。可以说,诗歌于我是救赎,是我疗治伤痛和对抗黑暗的精神努力。在这个近乎残酷的审美过程中,我获得了有如重生般的力量和希望。

由此,挣扎着上山的努力已足够充实人的心灵,使人与自己的灵魂相遇。所以,我相信西西弗斯是快乐的。因为我看见了命运的慈悲。

从十五岁开始改写歌词起,到这本诗集的出版,期间已经历了三十六年。三十六年里我过着简单的生活,在孤独的常态中,从事着教师这一单纯的职业,从青海到苏州。

其实，我写诗并没有足够的自信。我只是以为，写诗的人应该是一根深入时代和生活之中的敏感的神经，并从这时代和生活的沧海里，把那些无奈的疼痛、那些感恩的欢喜、那些发现，像信使一样传达给人们。同时，写诗的人还应该自始至终葆有一颗纯净的心灵，站在哲学与人性的高度，以原生态的赤子情怀，去反观和穿透生活的沧海，拥抱生命的卑微与高贵。正是在这个意义上，我愿意努力从生活的沧海回到水。

而诗歌说到底是美学。我深知，在美感的创造和境界上，包括对自身的提炼和修养，我的这些拙作，离我对诗人的理解和诗歌的要求还相去甚远。所以当它们结集完成的时候，我还一直无法释怀。是在苏州一中的书记冯黎老师的不断鞭策和鼓励下（她虽已退休，但仍然怀着对自己为之工作服务了半生的教育事业的深厚情感，以高度的责任感，一如既往地关怀着学校的文化建设），在诸多善良热情的同事们和朋友们的期盼和鼓励下，我才下了最后的决心——不揣粗陋，把它奉献在大家面前。

我要感谢所有的人，感谢他们愿意倾听我以微弱的声音，说给这个世界的话。

作者
2013年11月于苏州